# 시의 섬

울릉도에서 써내려간

청춘의 시적 기록

영근 시집

띄어쓰기

**지은이 영근**

지적인 사람보다, 시적인 사람을 향합니다.

서울출판학교를 수료한 뒤 편집자로 살아가고 있습니다.

스며들듯 천천히 시를 배우고 있습니다.

**에세이 및 창작 후기**

동쪽 먼 심해선 밖의
한 점 섬 울릉도로 갈거나.

- 유치환, 「울릉도」 -

# 1장. 섬과 삶

섬에서 배우고 익힌 삶에 대하여

# 섬의 뿌리

지구에 뿌리 박은 바다가
출렁임을 믿을 수 없으니
이 조그만 섬이 일렁이는 것이외다

바다 속 뿌리 박은 섬이
일렁임을 믿을 수 없으니
저 가녀린 나무가 떨리는 것이외다

땅 속 뿌리 박은 나무가
떨림을 나는 믿을 수 없으니
결국 이 내가 흔들리는 것이외다

내 뿌리 박을 그곳
아직은 그 곳일지라도
섬의 뿌리는 섬의 것이요
나의 뿌리는 나의 것이로다.

# 햇별

낙엽도 아직인
가을 바다에

떨어지는 햇살
따사로이

올해 첫서리로
흐르르네

물 같은 물새
선선한 부리

햇살 조각들
거둬들이다

불어오는 어둠에
깜빡 흘렸네

쓸쓸함도 아직인
가을 밤바다에

두 눈 가득 주워 담는
햇별이 싱싱하네.

# 길이 있었네

산 속에 길이 있었네
아름답던 그 길을
내일 다시 오리라 다짐했네

책 속에 길이 있었네
한 장씩 걸을 때마다
지나쳤던 길들이 보여
다시 찾아오리라 생각했네

마음속에 길이 있었네
나아갈 길이 멀지만
언젠가 처음 그곳으로
꼭 돌아가리라 약속했네

인생에 길이 있었네
되돌아볼 뿐
되돌아갈 수 없어
그저 사랑했네.

# 쌀뜬물

새벽에 쌀을 씻는다
하루치 삶만큼
비비적거린다
아직은 새벽이다

해가 어둠을 씻는다
허연 새벽을
버리고 버리다 보면
맑은 아침이 온다

가끔은 힘겹다
대충 씻어 넘길 날이면
뿌연 안개도 뜨고
구름도 희게 흐른다

하지만 해는
어머니 같은 해는
언제나 아침을 차려 주지 않았던가

쌀 씻던 오른손을
생쌀 같은 가슴에 얹고
비비적거려 본다

해처럼 어머니처럼
부지런히 씻어 낸
맛있는 사랑이 되기를

뒤집어서 속까지
알차게 익은 사람이 되기를

새벽에 쌀을 씻는다
아침은
나에게 온다.

# 싱숭생숭

구름이 떠 있긴 한데
빈칸이 훨씬 많은걸

먹구름이라도 끼었으면
그러기엔 하늘이 너무 맑고

팔을 휘적휘적 저어 봐도
왜 자꾸 돌아오기만 할까.

# 가을의 예감

솟아오른 나무보다
하늘이 더 높아질 즈음

외투를 걸치기보다
소매가 더 길어질 즈음

창틀 너머 풍경 속
신신한 바람이 불기보다

창틀 속 풍경 너머
선선한 바람이 불어오고

당신과의 작별을 기다리는 것이
푸르렀던 잎의 자세가 될 즈음

9월 하루 전 노을에
미리 달력을 넘기듯

떨어져 내린 낙엽 하나에 밟히는
가을의 예감.

# 빨랫줄에 걸린 거미줄

어김없는

돌아온 주말

일상적인 햇빛

널어놓은 빨래들

말라가 버릴 오늘같이

건조한 빨랫줄에 반쯤 걸린

거미줄에 거미도 없는

버려진 구석에

한 마리의

날벌레

죽은


나에게로 부는

바람이 따갑다.

# 앞사람

내가 걸어온 길은
진흙이어라
질펀하고 진득한
진실 같은 길이어라

닦아 내고 싶었지만
아주 잠깐만
비켜서고 싶었지만
그대가 뒷사람이어라

설원을 헤쳐 가걸랑
나중 올 그대는
진흙 묻은 발자국만 보일 것이니!

진흙도 다하여
더 이상 묻어나지 않거들랑
부르터진 맨발
선명한 붉은 피로 걸으리라

그대는 덜 헤매고 오라
좀 더 따스한 숨결
가슴속에 품고 오라

나는 그저 그대의
뜨거운 입맞춤
한 숨이면 되느니.

# 외바위

내가 물이 되어
그대의 단단한 외로움
어찌 위로할거나

파도가 되면은
처얼, 썩 처얼― 썩
매서운 연민이 되면은
나도 부서지고
그대 또한 부서지니라

안개가 되면은
해도 구름도 모르게
외로움 가리려 하면은
가끔 쉬어 가던 외딴 물새
더는 오지 못하리라

눈이 되면은
아무 일 없는 듯
하얗게 덮으려 하면은
마음 끝 절박한 절벽에
겨울바람이 시리니라

아, 무엇이 되려 말고
내 그대로 가면은
물이 물답게
비가 되어 가면은

내리는 침묵으로
한 방울 한 방울
그대의 굴곡진 외로움
따라 흘러 가면은

내가 물이 되어
아아, 마침내
그대의 눈에 다다른
눈물이 되면은!

외로운 바위여 그리고
외로운 사람이여
내가 물이 되어
눈물이 되어 그대와 가리라.

# 끝세수

얼굴을 씻는다
밤사이 묻은 하루의 부스러기들
새벽으로 씻어 낸다

세수가 끝나면
새로운 얼굴을 들고
새로운 햇빛을 묻히겠지

그러나 내일
닦아도 닦이지 않는 짙은 어둠 속
얼굴이 파묻히게 된다면

거울에 비친 마지막 맨얼굴에는
어떤 인생이 주름져 있을까
나와 나 사이
어떤 대화를 나누게 될까
정말 마지막일 텐데

물기를 닦는다
정말 마지막일 텐데
더는 할 말이 있겠냐만서도

오늘 하루로 얼굴이 범벅 될
나에게 아직 할 말이 있다.

# 2장. 비와 눈

물이 가르친 생의 감각에 대하여

# 빗소리

하늘에서
소리가
비처럼
흐르르네

창틀 밖
풍경이 좁아
뉘인 귓바퀴
잔 채우네

시원한 소리
귀를 축이고
잠의 갈증도
잠 재우네

눈을 뜨고
이불을 개면
아마 내일은
사랑하기 좋은 날씨.

# 유리창 안에서

누구일까,

유리창을 비 오듯
두드리고 있다

반가운 마음에
활짝 열어 보일까
그렇지만
온몸이 젖어 버릴 텐데

굳게 닫은 채
없는 척해 버릴까
그렇지만
그 누구도 아니게 될 텐데

우산이 필요했을지 모를
망설임 끝, 결국

유리창 조그만 틈 사이
손바닥일 뿐인 손바닥으로
나에 대한 온도를 가늠해 본다.

# 빛방울

비가 오는
하릴없이 울적한 날이면
별이 가까이 떠 있네

유리창에 다닥다닥
별의 물방울들

때 묻은 먼지 껴안고
부드럽게 흘러내리네

어머니 손길 되어

빗방울에도 슬퍼하는 이에게
나지막이 흘러 들어가

빛방울 되어 내렸으면.

# 위로

토닥
토닥

비가 내린다

토닥토닥
토오―닥

위로의 글자가 내린다.

* 2022 서울 지하철 창작시 공모전에 선정되었습니다.

# 푸른 잎이 하얀 눈을
# 뒹구는 풍경

눈이 깊게 일렁인다 나는
무겁게 젖은 나를 업은 채
숨 가쁜 발을 놀린다

들숨은 새고 날숨은 막힌다
저 먼 곳까지 하얗게 출렁임은
거칠어만 가는 입김인가

움푹 가라앉은 발자국은
나아갈 길을 망설이게 하고
아직 가지 않은 발자국은
지나온 길을 무디게 만든다

그러다 문득 마주한
푸른 잎사귀 하나,
하얀 바다 위를 뒹구는데

젖지 않아 가볍구나
내리는 눈송이보다
보드랍게 길을 잇는구나 마침내
푸르다, 숨이 멎도록 푸른 것이다

강한 눈바람이 이내
잎의 생을 묻는다 해도 하얀
바탕을 압도하는
푸른 점 하나,
결코 하얗게 적실 수 없느니

가만히 숨 고르고
달라진 생의 풍경 속
푸른 잎사귀로 배를 띄워
하얀 바다로 다시 나아가는 나.

# 겨울비

그때도 비가 왔습니다
반가운 마음에
우산은 필요 없던 나이

하교 시간 달리기 시합 중
우산을 들고 온 당신에게
비죽 나온 입으로 투덜댔습니다
왜 우산을 갖다주러 왔느냐고

그때도 비가 왔습니다
두려운 마음에
우산을 꼭 챙기던 나이

하필 두고 온 날
고뿔이 단단히 들었고
누군가 떠올리지 않고서는
고독은 너무도 차가워
당신을 속이 타도록 원망했습니다
왜 우산을 갖다주러 오지 않았느냐고

그때도 비가 왔습니다
빗소리가 어렴풋이
빗소리로 들리던 나이에
이제는 당신이 아프더군요
자꾸만 자꾸만 비에 젖어드는데

급한 마음에 세월을 뒤져 봐도
그 비를 막아 줄 우산을
나는 찾지 못했습니다

그날 당신이 갖다준 우산을
어느 순간 잃어버렸고

숱한 겨울, 비가 왔지만
나는 잊고 살았습니다

지금도 그때처럼
겨울비가 내리고 있습니다

얼어 버리지도 못한 눈물로
당신이 꼭 쥐어 주던
우산을
겨울비를 더듬고 있습니다.

# 비처럼

비가
하늘에서 오네요

저 중에 하나로
내가 왔겠죠

비가
땅에게로 가네요

나는 갈 때도
비처럼 갈래요.

# 낙엽, 눈, 그리고 새싹

무수한 낙엽을 써내려 놓고
가을은 떠났다

바람이 차도록
멀리서 겨울이 왔다
낙엽을 쓸어내듯 읽었다

— 내가 돌아왔어도, 당신은 나의 곁에 없었어요.

겨울은 내내 울었다
눈물에 써내려 놓고
얼렸다 그리고 쌓았다
가을이 돌아올 때까지……

봄이 오고
녹은 눈물에
새싹이 솟았다

— 내가 돌아왔어도, 당신은 이미 떠난 뒤였어요.

새싹은 나중 커서
단풍 대신 낙엽이 되기로 했다.

# 눈사람

어젯밤에도 눈이 내렸는데
안녕히 주무셨습니까?

흰 눈이 시야를 꽉 막아서
눈길이 길이 되지 못했습니다
저 또한 한 발자국 내지 못한 채
따스한 방 안에 누워 있었습니다

잠결에야 떠올랐습니다
방에 누워 있어도
흰 눈을 덮은 듯이 사는 사람들
마음속이 눈으로 막혀
가고 싶어도 가지 못하는 사람들
지난겨울에 온 눈이 아직
녹지 못한 채 얼어 있는 사람들……

그럼에도 저는 방구석에서
얼어 죽지 않고 무사히
겨울의 하루를 끝마쳤음을
은밀하게 자축했습니다

따스함을 밀쳐 두고
당장 눈길로 뛰어나간다고
제가 길을 만들 수 있을까만서도
쓸데없는 양심은 있었던지
꽤 잠을 설치고는 아침
늦게 눈을 떴습니다 창문 밖은
다행히 눈이 그쳐 있었고 놀랍게도

눈길이 길이 되어 있었습니다

어린아이들의 무수한 발자국들이
눈을 밟으며 신나게 뛰어놀고 있었습니다
눈을 한 움큼씩 떼어 뭉치더니
힘껏 던지고 심지어 깨부수면서
그 눈을 마음껏 가지고 놀고 있었습니다

아이들은 눈으로 사람을 만들었습니다
머리부터 발끝까지 눈으로 가득 채워진 사람
온갖 아픔과 시련으로 똘똘 뭉쳐진 사람
수많은 표정들 중 그 얼굴에
웃음을 달아 주었습니다
양쪽 팔은 누구나 안길 수 있게
포근히 열어 두었습니다

그 누가 가르쳐 준 걸까요?
어른들은 창문 밖으로 몇 마디 다그친 뒤
눈 없는 방으로 돌아갔습니다

누구나 어린아이였겠죠
다만 몇 번의 계절이 돌고 돌면서
눈이 무섭다는 것에만
익숙해졌습니다

어찌 됐든 계절은 바뀐다는 핑계로
겨울의 언어에 금세
무디어졌습니다

그 속에 무엇이 사는지 알면서도 말입니다.

# 바닷가

그대 생각을 절여 놓았다

사무치는 마음으로 무쳤다

짭조름하게 그리워

바람이 싱거웁다.

# 3장. 달과 돌

자연 속에서 매만진 성찰에 대하여

# 손톱달

구름 한 점도
빗방울 한 톨도 없이
깨끗이 쓸고 닦인 하늘

얼마나 사랑했던지
깎인 흔적마저 매끄러운
손톱 부스러기 하나

사랑했기에
사랑했던 만큼
날카로운 그 끝이
이 밤이 다 깎이도록
눈에 밟혀 따끔거렸지만

눈물에 흘려보냈으니
언젠가 차오를 달처럼
그렇게 무뎌지겠지.

# 부석

구멍 숭숭 뚫려
이외로 가벼운 돌

물 위에 뜰 만큼
돌 아닌 돌

그랬구나
가벼웠구나
알게 된 뒤에야 알았다

한 길 맘속도 모를 수밖에
맘 위에 뜰 만큼

나 아닌 나.

# 바람씨

눈부시게 타는 강
불똥은 나비 되어
물풀들 찾아 날아든다

꺼질 듯 꺼지지 않는 날갯짓
풀잎들 사이로 스치더니
조그만 바람이 타오른다

바람의 불씨가
번지고 번지다가
눈에 번지니 바람이 보이고
귀에 번지니 바람이 들린다

그렇게 번지다 보면
내 가슴속
꺼져 있는 바람들까지
다시 타오르련다

이 바람 부디
이대로만.

# 낙엽소리

땅이 불러 땅에 안기는 모습은
엄마가 놀러 나간 제 아이 부르는 모습이더라

땅에 쓸리며 부스럭거리는 소리는
아이가 엄마 품에 파고드는 소리더라

땅에 귀 닿아 느껴지는 울림은
엄마 배 속에서부터 온몸으로 느낀
심장 박동의 울림이더라

이 모든 것이 언제나 그립고
그립더라.

# 흐린

안개, 아스라이
네가 서 있다
너는 그저 피는 꽃인가

선명한 햇빛
나의 시선은 시야에 흩어지고
너는 그저
꽃에 속하는 것이었을 터

흐릿한 안개 속
너는 비로소
만개하는 꽃으로

나 또한 너에게
나만의 향기를 그득 품은 채
피어나는 꽃으로

가깝지도 멀지도 않은
서로의 흐린 시선 속에서
우리는 만개한다.

# 진찰

오늘 보는 달이
어제와 다르다면
당신의 마음은 이상 없습니다

만약 그렇지 않은 날이면
옆사람을 꺼내 드십시오
오래된 것일수록 약효가 좋습니다

그래도 지속된다 싶으면
밤하늘에 별 하나 놔 드리겠습니다.

# 정류장에 핀 꽃을
# 보았나요

어딜 급히 가시길래
정류장을 뛰어 오셨나요
신호등은 아직 성나 있는데

건너편 모퉁이를 돌아
당신이 기다리는 버스가 오나요
다 닳도록 쳐다봐도
버스는 올 때 오겠죠

혹시
정류장에 핀 꽃을 보았나요
아침 햇살 머금은 그대로
말갛게 피어나서는
당신을 줄곧 기다리고 있었대요

꽃 앞에 멈춰 설 수 있는 두 발과
꽃을 만질 수 있는 두 손이 있어도
우리의 두 눈은
보이지 않는 버스만 보려 하네요

정류장에 핀 꽃을 보게 된다면
살며시 끌어안고 말해 주세요
미안해요
고마워요.

# 당신의 안부

오늘도 문득
당신의 안부를 물어봅니다

어제는 조금 야위었더니
오늘 아침은 이리도 팅팅 부으셨습니까

그래서 잠시나마
땅에 기대어 쉬어 볼까
땅 밟고 사는 사람들 이야기나
들어 볼까 내려오셨군요

하늘에서 보면은 모두 같은 사람이지만
사람들 사는 세상에선
당신처럼 살다 가고 싶어도
안개 낀 듯 흐리게 살게 되곤 합니다

당신의 부은 얼굴은
이슬 따라 돌아가지만
팅팅 부은 사람들 세상에선
울음 서로 닦아 주기에

오늘도 어김없이
당신의 안부를 물어봅니다.

# 종이꽃

물 뿌린 화단에
한 송이의 꽃이 썩어 있었다
누가 심어 놓았던가
내 생각에 곱게 접었을
종이꽃

아, 나는 또 누구에게
종이꽃인 줄도 모르고
물을 뿌렸는가.

# 낮달

어느 밤
뚫린 가슴 메꾸려
떠오르는 둥근 그리움

빛이 재잘대는
어느 꽉 찬 낮
문득 떠올라 있다면

아,
얼마나
그립다는 걸까

오늘 낮달은
비가 오려나 보다.

# 4장. 몸과 맘

어머니와 아버지의 사랑에 대하여

# 콧날

세상 모든 아버지들의 인생은
콧날

구레나룻 희어지고
눈가는 구겨지나
콧날은 무너지지 않는 것

이것은 세상 모든 아버지들이
인생을 쪼아 만든 석탑

풍파에도 깎이지 않는 독바위

눈물은 결코 오를 수 없는 암벽

그러나 만지면
결이 부드러운 미소 같은 것

가장 곤히 잠들 수 있는
팔베개

세상 모든 아버지들의 인생은
콧날.

# 한적한 오후

따뜻한 햇빛이 쏟아져서
무심코 당신 무릎에 얼굴을 묻었습니다
제 머리가 꽤 무거워졌더군요
세월이 주름져 들어찼는지……
그런데 당신의 무릎은
세월이 다 닳았나 봅니다
저는 고개를 살짝 띄웠습니다
그랬더니 제 머리를 쓰다듬으시더군요
차마 고개를 못 들었습니다
혹시나 당신도 울고 있을까 봐

따뜻한 햇빛이 쏟아지는
한적한 오후라 다행이었습니다
당신 품에서 눈물을 말릴 수 있었으니까요.

# 눈물구멍

폐에 구멍이 나서
숨 아닌 숨이 숨어들었습니다

따분한 숨바꼭질에 남은 것은
옆구리를 메꾼 세 구멍과
가슴속 서러운 구멍뿐이었습니다

같은 층 같은 복도만
지겹게 돌던 어느 하루였습니다
제 손만은 빈틈없이 채워 주시던
어머니의 손이 슬퍼 보였습니다

걸음이 둔해진 저에게 어머니는
제 빈 가슴에 대고
저조차 들리지 않게 말씀하셨습니다

— 엄마가 미안해, 건강하지 못한 몸을 줘서……

어머니의 울리는 울림은
텅 빈 가슴을 모질게 울렸고
지금도 메아리쳐 돌아옵니다

어머니,
어머니라는 단어를
아, 당신의 가슴에 대고 외치려 할 때
저는 비로소
당신의 빈 가슴을 봅니다

눈물이 억겁의 시간을 뚫어 놓은
그 가녀린 구멍을.

# 조개

어제 저녁에 먹다 남은 된장찌개
조개 한 마리가 아직도 침묵 수행 중인데

— 이 조개는 왜 입을 안 열까요?
— 어제도 그러더니 속에 진주라도 품었나?
— 껍데기 안에 조개가 없을지도 모르죠.

어머니께서 손수 굳은 입을 여시는데
조개가 와불상처럼 고요히 누워 있었다

사람 겉껍데기 열어젖히면
사람 들어 있나
얼큰한 생각을 국물과 더불어 삼키면서

— 어머니, 조개가 맛을 제대로 살려 주네요.
— 이거 없었음 이 맛이 안 나오지.

우리네 세상은 조개 안 들어갔나
뒷맛이 영 개운치 않으니
오늘 하루만이라도 그럴 수 있다면
조개처럼 살아 보고 싶다.

# 빌려 쓰는 시

당신의 몸을 빌려 나는 태어나네

두 눈 가만 내려다보면
가장 먼저 보이고
가장 먼저 닿이는 곳에서
당신의 심장 소리 빌려 태어나네
탄생을 빌려 태어나네

당신의 마음 빌려 나는 살아가네

두 눈 하늘 올려다보면
부끄러운 눈물 기쁘게 울고
두 손 살며시 내밀면
차가운 손 먼저 찾아 외치는
당신의 가슴 소리 빌려 살아가네
인생을 빌려 살아가네

나는 당신에게
결코 갚을 수 없는 것들을 빌려 살아가니

내가 당신을 위해
염치없이 드리오는 건

내가 당신 곁에 없을 때
나를 빌려줄 수 있는 작은 시집과
한 장 넘기어 나오는 여백에
당신의 숨소리 빌려 써 놓는
몇 줄의 시
몇 줄의 사랑.

# 이제

아들아, 아버지는 이제
식사가 줄으셨단다
당장의 배부름이 누군가의
굶주림 채워 주지 못하고
욕심의 끼니가 늘어날수록
마음의 양식은 줄어듦을 아시기 때문이란다

아들아, 아버지는 이제
일찍 주무신단다
항상 밝게 타오르는 것이
정작 스스로에게 어두운 것임을
흘러오는 졸음과 흘러가는 시간도
삶의 소중한 일부분임을 아시기 때문이란다

아들아, 아버지는 이제
외로우시단다
어쩌면 아들보다 더
오래 알고 지낸 사람들
먼저 떠나는 이별의 뒷자락에
미안하다 말 못 하셨기 때문이란다

아들아, 아버지는 이제
늙어 가신단다
버스 노란 좌석에 앉더라도
누군가 자리를 비켜 주어도
어색한 세월이 아니시란다

그리고 아들아
아버지는 이제,
당신이 늙어 감을 알고 계신단다

타오른 촛몸보다
타오를 촛몸이 더 짧음을
온몸으로 살아 내고 계신단다

그러니 아들아,
아버지는 이제
너가 필요하단다
살아온 만큼 또 살아갈 만큼
꼭 사랑 같은 빛을 비추어 드리거라

늘 길을 밝혀 주던 너의 아버지에게.

# 호빵

입김이 바람에 차가워지면
아버지는 호빵을 찾으시곤 했다

세월에 데인 손끝에도
호빵만은 유난히 뜨거우신지
김이 폴폴 나도록 불어 드시곤 했다

과자 부스러기 흘려
어머니께 매번 혼나시면서도
손에 묻은 질펀한 반죽덩이만은
금세 씻으러 가시곤 했다

할머니를 땅에 보내 드리던 날
당신의 어머니 앞에 주저앉으시곤
당신만큼 좋아하셨다던
호빵
그것을 못 사 드린 게 한이 되어
아버지는 팥처럼 우셨다

입김이 바람에 차가워지면
눈물이 팥처럼 뜨거운
아버지는 호빵을 찾으시곤 했다.

# 따뜻한 기다림

기차를 기다리던
기차를 기다리는 설렘만으로는
추위를 녹이지 못하던 어느 12월

커피 자판기 너머로
홀로 앉아 계신 안내원 할아버지는
담뱃불 대신 차가운 입김을 내뿜고 계셨다

— 안녕하세요, 커피 한잔 드시겠어요?

수많은 기차들을 부르고 보낸
할아버지의 입김은
어느새 따뜻한 커피향으로 다가왔다

— 아버지 연세가 어떻게 되시노?

물으신 당신에게 내 아버지의 세월은
부드러운 미소로 답하는 추억이었다

나를 기다리는 그리고 내가 기다리는
집으로 가는 기차 안

창밖으로 보이는 당신의 눈동자는
그대로 또 조용히
그다음에 올 기차를 기다리고 있었다

언젠가 당신처럼 추억에 미소 지을
내 아버지를 기다리고 있었다

따뜻한 커피 한 잔을 건네 줄,
기차를 기다림에 설레어하는
따뜻한 누군가를 기다리고 있었다.

# 강물

오늘도 활짝 웃는 어머니의 미소에
가슴이 찡합니다

눈가에 새로이 트인
몇 줄기의 강물
어제만 해도 없었더니
세월이 이리도 흘렀나 봅니다

세월은 자꾸만 거세지는지
강줄기는 더욱 깊어만 가고
시간에 척박해진 피부로 범람하여
또 다른 물줄기를 기어코 만들어 냅니다

그 밑에 소리 없이 쌓이는
어머니의 늙음을 퍼다 내고 싶지만
세월은 너무도 무거워
쌓여만 갈 뿐 결코 퍼다 내질 못합니다

저에게는 늙음이 덜한 대신
그만큼 울음이 쌓이곤 합니다
제 울음은 너무도 가벼워
곧잘 흘러넘칩니다

울음으로 세월을 거스를 수 없고
울음으로써 늙음을 막지 못하기에
어머니는 우시지 않는가 합니다

그런데 어머니의 미소에
제 울음이 하염없이 넘치는 까닭을
어머니의 강물이 그만 메마른 후
그 강바닥에서야 비로소 보게 될까

제 울음은 어머니의 늙음 앞에
참으로 부끄럽습니다.

# 시집 한 권

종묘 위에 떠 있는 하늘이
사랑스럽게 맑았다

맑은 하늘을 나뭇가지들이
부드럽게 갈랐고
그 사이로 바람이 새어 불어왔다
맑은 바람이었다

나는 그 바람을 내 맘에도 불게 하고 싶어
시집 한 권을 샀다

어머니 맘에도 하늘과 바람을 드리고 싶어
시집 한 권을 더 샀다.

# 5장.  너와 님

덜어 낼 수 없는 그리움에 대하여

# 숨길

숨 쉴 때마다 문득
떠오르는 너에게

너는 날숨의 길
선홍의 미닫이문 지나
바삐 길을 나서고

나는 들숨의 길
가슴 깊이 끌어안고도
다시 또 다시
잡은 손 놓을 수밖에

숨의 되새김질에
차오르는 것은
숨 가쁜 사랑뿐

하지만 내 숨길 안에서
네가 가고 네가 오므로
결코 그치지 않으리.

# 첫마디

계절이 있어 다행입니다
하도 지워 뭉그러지는
편지의 첫마디
겨우 써내려 갈 수 있습니다

편지지 만지작대다
문득 들려오는 소나기

팔 괴고 누워 있다
조용히 오는 그 해 첫눈

첫마디를 쓰고 나면
다시 첫마디가 되고 맙니다
당신이기에

소나기보다 애틋하고
첫눈보다 애절한
인생의 첫마디 같은 사람아.

# 봄과 함께

밤새 조잘거리던 봄비가 그쳤어
내리지 않는 풍경조차
아름다운 봄비

진정 봄의 시작을 알리는 것은
봄비를 흩뿌리는 구름이야
햇빛들이 얇은 구름 뒤로 살짝
건드리면 터질 듯 고여 있거든

곧 있으면
조금만 참고 기다리면
봄의 햇살이 이 땅으로 쏟아질 거야
씨앗은 싹을 틔우고
나무는 잎을 틔우고
사람은 씨앗과 나무처럼
꿈을 틔울 거야

땅에 고인 햇빛을
살포시 밟아 보고 싶어
봄과 함께 그리고
너와 함께.

# 낙서

낙서는
그치지 않는 것

도착지도 모른 채
무심코
가고 있음을

낙서는
고치지 않는 것

지우려고 해 봤자
한사코
의미 없음을

낙서는
은밀히 이끌리는 것

잠자코
빠져드는 잠처럼
출발한지도 모른 채

그렇게 나는
그대를
낙서하는 중.

# 귀엣소리

귀 대고 누우면
사박사박
오시는 발자욱 소리

오늘도 어김없이
가까워지지도
멀어지지도 않지요

혹여나 달라질까
반대쪽 귀로 들어 보지만
그렇게 밤이 새도록
뒤척거리기만 하지요

더 이상 기다리지 않겠다
귀에 못 박아 놓고도
내일 또 뉘어 듣는
귀엣소리.

# 팔베개

옆으로 누우면
팔 저린데

내 님은
팔 저려 떠났는가

눈 감으면
눈물이 저린다.

# 민들레 씨앗

인연에 서툰 사람입니다
옷깃이 스쳤지만
마음은 닿지 못했습니다

그 날이 다시 온다면
아니 하겠다 다짐했지만
그날은 오지 못했습니다

보이지 않아도
어렴풋이 알고 있었지만
스치는 눈빛 너머
말하고 듣지 못했습니다

그러나 닿고야 말았습니다
누군가의 바람 따라온
민들레 씨앗

가슴에 꽃 피워
바람 따라 날리면
누군가의 가슴에
대신 닿아 주겠지요

가슴 깊이 묻고 키워 볼 작정입니다
아무래도 우리는
서툴지만 인연인가 봅니다.

# 노을과 밤

저무는 노을
벼루에 고이 갈아
먼 나무에 적시었다

부는 바람 따라
써내려 갔다

깊은 밤
은은한 밤
그립고 그리운

덜 된 붓질에
자잘하게 남겨진
노을빛은 별빛 같아서
간절히 남겨 두었다

하얗게 지새운 맘
그 위에 또렷이 쓰려다가
보고 또 보다
새벽처럼 닳은 뒤였다

오늘 하루도
다시금 해가 뜨고
그처럼 노을이 저물 것이었다.

# 소원

너는 저 너머로 한강의 야경이 흐르고 있다 하였다
그렇게 우연히 찾아간 한강이었다


새해에 갓 태어난 보름달이 맑고 깊게 울고 있었다
그 때문인지 하늘은 밤답지 않게 푸르렀고
오히려 강물은 물답지 않게 짙검었다


달의 울음은
풀 위에 널브러져 빛나고 있었는데
너와 나는
그 달빛 부럼들을 발걸음으로 깨물었다


너는 하늘과 달에 대해 일러 주었다
푸르스름한 하늘에 누르스름한 달이 떠 있는 것이
아니라
하늘은 원래 푸른 종이 뒤에 노란 종이가 덧대 있는
것인데
달이란 어쩌다 보니 둥그렇게 뚫려 있는 구멍이라고
나는 너의 말하는 눈빛 속에
하늘과 강물과 달빛이 섞여 있음을 말해 주고 싶었다


달이라고 불리는 것이 무엇이든 나는
그것을 향해 너 몰래 소원을 빌었는데
혹시나 너도 소원을 빌었을까


나와 같은 소원이었을까.

# 나의 시

조그만 나의 시를
그대에게 드립니다

나의 시가 그대에게
씨앗이 되었으면 좋겠습니다
모든 것을 싹틔우는
그대는 나에게 흙이기 때문입니다

나의 시가 그대에게
구름이 되었으면 좋겠습니다
자유롭게 날아 노니는
그대는 나에게 하늘이기 때문입니다

그리고 나의 시가 그대에게
사랑이었으면 좋겠습니다
함께 있음에 행복한
그대는 나에게 꿈이기 때문입니다

이제 그대가
그대의 시를 들려줄 차례입니다.

# 에세이 및 창작 후기

**에세이** 되돌아보며

울릉도에 살면서 느꼈던 시 같은 순간들을
짧은 수필로 전해 드립니다. 시를 창작하는 데
영감이 된 바로 그 경험, 또는 시와 감성이
맞닿는 울릉도살이의 이야기를 들려드립니다.
에세이를 시와 함께 읽으면 저의 시를 더
온전히 느끼실 수 있습니다.

**창작 후기** 시인의 Pick

시를 쓴 창작자로서 가장 좋아하는 구절,
또는 가장 고심했던 구절을 하나 골랐습니다.
그 구절을 중심으로 시를 왜 쓰게 되었는지,
쓰면서 어떤 고민을 했는지, 쓰고 나서
무엇이 달라졌는지 등 시의 전 창작 과정을
생생하게 전해 드립니다.

# 흔들리는 섬

몰래 흘린 울먹임을 다시 삼키고 삼키던, 그렇게
하루를 버티던 목 막히는 나날이었다. 딱딱한
국방색의 땅에 뿌리를 단단히 내리기엔 이병의 나는
너무도 나약하게 느껴졌다. 긴장의 끈에 똘똘 묶여
몸이 굼떴고, 무엇을 모르는지 모른다는 것을 몰라
생각이 얼떴다. 내가 이곳에 잘 적응할 수 있을까.
지금까지 살아온 이름을 잃어버린 채, 울음밖에
모르는 신생아로 잘못 환생한 것만 같았다.

그러던 어느 주말, 옥상에 빨래를 다 널어놓고는
난간에 잠시 기대 섰다. 오랜만에 육체적으로 또
정신적으로 혼자가 된 시간이었다. 바라본 먼 풍경
속에서 푸른 바다가 하얀 물결들에 온통 일렁였고,
짙은 초록의 나무들이 옅은 짠맛의 바닷바람에
자꾸만 떨었다. 흔들리는 바다, 흔들리는 나무. 그래,
너희들도 나처럼 아직 뿌리가 덜 박혔나 보구나. 아니
차라리 이 섬 자체가 흔들거리는 것 같았다.

흔들리는 섬의 풍경이 나의 머릿속을 뒤흔드는 순간,
꽉 옥죄여 있던 정신의 끈이 저절로 느슨해지는
느낌이 들었다. 그래, 너도 흔들리는데 이 조그만
내가 좀 흔들린다고 무슨 대수랴. 내가 좀 못한다고
울릉도가 무너질 것도 아닌데. 뿌리를 굳게 내리는
일은 단숨에 이뤄질 수 없었다. 더듬더듬 천천히,
물과 양분이 있는 곳을 찾아 가녀린 뿌리를 부단히
뻗고 뻗어야 했다. 흔들림은 깊어짐이었구나. 바다 저
끝까지 뿌리 박은 이 섬처럼.

선임이 나를 부르는 소리가 들렸다. 나는 섬이
흔들려라 내 이름을 외쳐 보았다.* 입대 후 수없이
외친 내 이름이었는데, 이제야 되찾아 올 수 있을 것만
같은 예감이 들었다. 나는 두 발을 땅에 단단히
디디며 뛰어갔다. 나를 가꾸는 건 결국, 나였다.

> \* 관등성명 : 자신보다 계급이 높은 사람이 부르면 자신의
>   계급과 이름을 말해야 한다.

# 섬의 뿌리는 섬의 것이요

새롭고 낯선 환경에 적응하는 일은 참 어렵습니다.
특히 수직적인 조직이거나 폐쇄적인 환경이라면
더더욱 그럴 거예요. 그러니 사회 경험이 미미했던
이십 대 청춘에게 군생활은 거대한 압박이자 도전일
수밖에 없었어요.

군생활 초기에는 잘 해내야 한다는 부담감, 동시에 잘
해내지 못하는 자괴감이 저를 많이 괴롭혔습니다.
그러나 그런 못난 감정을 반전시킬 수 있는 순간이
불현듯 찾아왔고, 그 순간을 시로 써서 오래도록
간직하고 싶었습니다.

제가 본 풍경 속의 모든 것들이 흔들린다고 느꼈으니,
그 흔들림을 하나로 묶어 줄 심상이 필요했어요. 그때
'뿌리'를 떠올렸습니다. 우리가 흔히 '뿌리째
흔들린다'고 표현하니까요. 나무뿐만 아니라 바다도,
섬도, 사람도 모두 뿌리를 가진 존재다. 이렇게 나와
타자를 동일시함으로써 시를 써내려 갈 바탕을
만들었습니다.

그러고 나서 바다 → 섬 → 나무 → 나로 시선을 점점
가까이 좁혀 갔어요. 그렇게 저의 뿌리를 가만
들여다봤더니, 열심히 노력해도 실수만 하는 못난
내가 아니라 아직은 어리숙해도 부단히 노력하는
괜찮은 내가 보였습니다. 작은 차이인 것 같지만
굉장히 큰 생각의 반전이었죠. '그곳'과 '그 곳'처럼
띄어쓰기 하나 차이만으로 의미가 달라질 수
있듯이요.

나 자신을 되돌아볼 수 있는 순간은 분명히 오고,
그때 나를 진정 다독일 수 있는 힘은 바로 나 자신
안에 있다는 것. 사실 시를 쓸 당시에는 좀
어렴풋했었는데, 삶의 시간이 더 쌓인 지금에 곱씹어
보니 정말 맞는 것 같아요. 흔들려도 괜찮다고 언제든
말해 주는 이 시가 참 고맙습니다.

# 하늘의 별, 바다의 별

기지에 모아 둔 쓰레기들은 근처 마을까지 직접 내려가 버려야 했다. 격주에 한 번쯤 간부님이 병사 한 명을 데리고 운전해 내려갔는데, 모두들 자기 차례가 오기만을 기다렸다. 어둑어둑한 밤 어딘가로 탈출할 수 있는 유일한 기회이자 틀에 박힌 일상에서 일탈할 수 있는 소소한 기쁨이었으니까. 공기가 제법 가을다워진 초가을 무렵, 내 차례가 돌아왔다.

몸만 몇 번 놀리면 쓰레기는 금방 해치울 수 있었다. 홀가분한 맘으로 차에 다시 올라 창문을 한껏 열었다. 여름이나 겨울이면 재빨리 복귀할 테지만, 이 계절은 무려 가을의 초입이었다. 적당히 구불구불한 길, 열린 차창으로 기분 좋은 온도가 불어왔다. 간부님도 평소답지 않게 액셀의 힘을 풀고 있었다. 잠시 쉬었다 갈까? 네 좋습니다! 간부님과 나는 길 모퉁이에 내려 먼 동해 바다를 바라보았다.

밤바다에는 수많은 오징어 배들이 다닥다닥 늘어서 있었다. 멀리서도 눈이 부실 정도로 집어등의 빛이 밝은 오징어 배들. 동그란 전구들이 오징어 다리에 붙은 빨판처럼 배에 주렁주렁 매달려 바닷속 그들을 부르고 있었다. 수평선 끝자락에 놓인 어선들은 전구들이 한 점으로 모여 꼭 별처럼 보였다. 시선을 더 들자, 어느새 어둠이 꽉 들어찬 하늘에 별들이 가득 늘어서 있었다. 아득히 깜빡이는 둥그런 빛들이 지구 속 사람들을, 나를 부르고 있었다.

시선을 다시 내려 수평선을 찾으려 했는데, 불현듯 하늘의 색과 바다의 색이 구분되지 않아 어디가 수평선인지 가늠할 수 없었다. 그러나 굳이 구분할 필요가 없었다. 오히려 더 광활해진 시선의 화폭에서 하늘의 별과 바다의 별이 한데 어우러져 반짝였다. 울릉도 가을밤이 그린 명작, 바로 그 앞에 서서 나는 마음을 활짝 열었다. 열린 마음으로 기분 좋은 생각이 불어왔다.

# 불어오는 어둠에 / 깜빡 흘렸네

울릉도에 있지 않았다면 오징어 배가 가득 떠 있는 풍경을 평생 볼 일이 없었을 거예요. 그날의 황홀했던 감각을 오래도록 간직하고 싶어서 시를 써야겠다 마음먹었습니다.

우선 '별'을 저만의 감성으로 해석하고 싶었어요. 물리적이 아니라 서정적으로요. 별은 밤에 보이는 빛입니다. 낮에 보이는 빛은? 햇빛이죠. 같은 빛이니까 별도 사실은 햇빛이지 않을까요? 그렇다면 어떻게 햇빛이 밤하늘에 남아 있을 수 있는 걸까요?

재밌는 상상을 이어 나갔어요. 가을 햇빛이 너무 아름다워서 해가 지기 전에 재빨리 주워 담으려 했구나. 그런데 너무 가득 담다 보니 몇 조각을 흘리고 말았구나! 그렇게 별을 새롭게 정의 내렸습니다. 핵융합 반응으로 스스로 빛을 내는 천체가 아니라, '모르고 하늘에 흘린 햇빛 조각'이라고 말이죠.

그렇다면 어떤 존재가 하늘에 햇빛을 흘릴 수 있을까요? 바다와 하늘의 경계를 자유롭게 넘나들 수 있는 존재, 바로 '새'가 딱 어울리겠다 싶었어요. 더욱이 새의 움직임을 따라가면 화자의 시선이 바다에서 하늘로 자연스럽게 이동할 수 있었어요. 바닷가에 사는 새가 햇빛을 물고 가다 깜빡 흘리고 말았다는 구상이 맘에 쏙 들었습니다.

이러한 시상의 뼈대에 가을 분위기를 더해 줄 표현들을 붙여 시를 완성했습니다. 이 시를 쓰면서 그 어느 때 별보다도 가을에 뜨는 별을 좋아하게 되었어요. 책으로 엮으며 이 시를 또 읽는 지금, 기분 좋은 가을바람이 어디선가 불어오는 듯합니다.

# 해안산책로를 걸으며

노선이 하나뿐인 마을버스를 타고 마지막 정류장인
도동항*에 내렸다. 여객선 터미널로 들어가지 않고
바로 옆 샛길로 빠지면, 곧이어 수평선이 한눈에
펼쳐지는 새로운 길이 열렸다. 오른쪽에는 동해
바다를, 왼쪽에는 울릉도를 둔 해안산책로를 오늘
아침 막 태어난 여린 햇살 아래서 걸어가기 시작했다.

> \* 여행객들이 드나드는 중심 항구로, 이곳 도동은
>    울릉도에서 가장 번성한 마을이다.

걸음걸음마다 파도 소리가 넘쳐흘렀다. 파도는
섬에게 무언가를 끊임없이 속삭이는 듯했는데,
장구한 세월을 품은 섬의 지층은 침묵으로 파도를
안았다. 어쩌다 툭 튀어나온 모퉁이를 한 번 돌면,
지나온 길과는 전혀 다른 풍경 속으로 햇살이
쏟아졌다. 경사가 급하거나 길이 험하진 않았지만
산책로는 생각보다 길었다. 그 길을 묵묵히 걷는 동안
맹맹했던 머릿속은 짭짤한 바닷바람에 간이 뱄다.

또 한 번 모퉁이를 돌기 전에 불현듯 멈춰 서서 뒤를
돌아봤다. 내가 걸어온 길의 굴곡이 먼 시야로
펼쳐졌다. 오른쪽 귀로 들을 땐 몰랐다. 그런데 왼쪽
귀로 들으니 여태껏 파도는 섬이 아니라 나에게 말을
건네고 있었다. 잠시 멈춰 서서 지금껏 걸어온 길을
돌아보라고. 수많은 지층이 쌓여 하나의 섬을
이루듯, 네 인생의 지층을 한번 들여다보라고.

앞으로만 걷다 보니 뒤에 두고 온 풍경의 아름다움을
놓치며 산 것은 아닐까. 이 길에는 반드시 끝이
있겠지만, 되돌아갈 수도 없이 언젠가 그 끝에
도달하겠지만, 그것이 인생을 사는 이유는 아닐
테니까. 해안산책로를 걸으며 내 두 발로 걸어온
길들을 몇 번이고 되돌아봤다. 내 발자국이 화석처럼
남은 겹겹의 생이 마음속 지층을 단단히 이루고
있었다. 길의 끝에 다다를 때까지 가만히 어루만졌다.

# 인생에 길이 있었네

1박 2일의 짧은 휴가를 내서 동료들과 울릉도 명소를 여행하곤 했습니다. 그때마다 해안산책로는 빠지지 않는 루트였어요. 풍경도 아주 아름답거니와, 1시간 넘게 길을 걷다 보면 복잡했던 생각과 감정들이 맑게 정리되었거든요.

그중 [에세이]에 썼듯, 해안산책로를 걷다가 얻은 인생의 작은 깨달음을 시로 남기고 싶었어요. 되돌아갈 수 없는 길이라는 인생의 속성을 전하고 싶었고, 그래서 되돌아갈 수 있는 길들을 먼저 제시한 뒤 마지막에 반전시키는 방식으로 시의 전체 구성을 잡았습니다.

가장 일차원적으로 떠올린 길은 '산길'이었어요. 우리 주변에 산길은 아주 흔하고, 오늘 걸었다면 당장 내일이라도 다시 갈 수 있으니까요. 그다음에는 추상적인 길로 의미를 확장했습니다. 우리는 흔히 '책'에 길이 있다고 말하죠. 그리고 책도 읽다가 언제든 앞 페이지로 되돌아갈 수 있습니다.

나아가 우리 '마음'도 길에 비유할 수 있죠. 결심은 마음의 길을 정했다는 표현으로 곧잘 쓰이고, 또 우리는 초심으로 돌아가는 걸 훌륭한 미덕으로 여깁니다. 이렇듯 '산 → 책 → 마음 → 인생'으로 이어지는 시의 흐름에, 각 연의 첫 행을 "~에 길이 있었네"로 운율을 맞춰서 안정감 있는 리듬을 부여했어요.

책처럼 마음처럼 우리 인생도 되돌아갈 수 있다면 후회할 일 없이 얼마나 좋을까요. 그렇지만 되돌아갈 수 없기에 우리 삶의 모든 순간이 아름다울 수 있는 것 아닐까요. 이 시를 마주할 때면 일상에서 벗어나 인생의 본질을 되짚게 됩니다. 나의 생을 더 사랑해 줘야겠다는 다짐과 함께요.

# 아침을 짓는 아침

일어나자마자 다들 점호 준비로 분주할 때, 나는
홀로 내려가 식당 불을 켠다. 식당 안쪽 조리실에서
사이즈가 너무 넉넉한 푸른색 방수 장화부터 한 발씩
갈아신는다. 짙은 남색에 옷깃과 소매 끝만 주황색인
취사복으로 더듬더듬 갈아입고서 빡빡 민 머리 위에
흰색 조리모를 툭 얹는다. 개수대에서 찬물로 두 손을
씻으며 겨우 잠을 쫓아낸다. 아직은 밖이 어둡다.

복장 준비가 끝나면 곧바로 쌀통으로 향한다. 매
끼니마다 밥은 새로 지어야 하기에 스텐 국자로 쌀을
퍼면서 곰곰 생각한다. 오늘 아침 식사는 몇 명인지,
그 인원이 알맞추 먹으려면 쌀을 몇 번 퍼야 하는지.
묵직해진 밥솥을 개수대 안에 넣고 물을 튼다. 처음
헹굴 때는 쌀알을 휙휙 휘저은 뒤 혹여나 섞였을
이물질도 같이 빼내려 쌀뜨물을 재빠르게 쏟아
버린다. 이맘때 밖에서는 우렁찬 목소리들이 들린다.

그다음에는 마사지하듯 쌀알을 부드러이 움켜쥐었다
풀어 주면서 슬슬 씻은 뒤, 쌀알이 함께 빠져나가지
않도록 쌀뜨물을 천천히 흘려보낸다. 서너 번쯤
되풀이하고도 쌀뜨물이 뿌연 날에는 한 번 더 꼼꼼히
쌀을 비비적거린다. 여리게 투명한 물 아래로 고요히
내려앉은 쌀들이 보이면 조금 시린 손끝으로 쌀을
고르게 편다. 손등으로 물의 높이를 확인하고는
적갈색 밥솥 본체에 옮겨 취사 버튼을 꾹 누른다.
새벽 풍경도 씻긴 듯 조금씩 밝아진다.

따로 모아 둔 쌀뜨물을 섞어 국을 끓이고, 간단한
밑반찬까지 바삐 만들다 보면 어느새 치이익 소리와
함께 밥이 완성된다. 밥솥 뚜껑을 열면 하얗게 맑은
흰쌀밥이 따뜻한 숨을 후후 내쉰다. 그리고 식당의
창을 열면 동해를 머금은 아침 공기가 고봉밥처럼
듬뿍 들어찬다. 밥을 뒤적인 주걱에 묻은 밥풀을 슬쩍
먹어 본다. 입안에 오래 머금을수록 더욱 달보드레한
아침의 맛. 오늘도 아침을 지었다.

# 생쌀 같은 가슴에 얹고

「쌀뜨물」… 10~11쪽

이등병으로 울릉도에 들어왔을 때부터 상병 초까지 밥 짓는 취사병으로 근무했습니다. 그전엔 식칼 한 번 제대로 써 본 적 없었는데, 군대에 와서 그것도 동해 어느 섬에 들어와서 밥하게 될 줄 누가 알았을까요?

하절기엔 6시, 동절기엔 6시 30분 기상하면 저 혼자만 곧장 식당으로 내려갑니다. 취사병은 점호에서 열외일뿐더러, 저희 부대는 인원이 적어서 취사병이 딱 한 명뿐이었거든요. 그래서 밥하는 시간은 하루 중 저 혼자 있을 수 있던 몇 안 되는 시간이었어요.

이렇게 6개월이 넘도록 매일 고요한 새벽녘에 아침밥을 짓는 일은 저에게 일생 처음 겪는 강렬한 체험으로 다가왔습니다. 조리에 조금 익숙해질 무렵부터는 밥이 아닌 저 스스로에 대해 많이 생각하게 되었는데, 특히 무언가를 씻는 행위 자체가 저 자신을 성찰하도록 독려해 주었던 것 같아요.

쌀을 씻으며 찬찬히 생각했습니다. 나는 누구일까? 지금의 나는 어떤 사람일까? 나는 미완성된 사람이다. 하지만 노력하면 충분히 무언가 될 수 있는 사람이다. 밥 짓기에 비유하자면? 나는 아직은 밥이 아니다. 하지만 언젠가 따뜻한 아침밥이 될 수 있는 사람이다. 내가 씻고 있는 이 쌀알들처럼. 그래, 나는 "생쌀 같은" 사람이다. 이 표현을 마음속에 안치고 나자, 그 뒤로 시가 자연스레 취사되었어요.

제대하고 시간이 많이 지난 지금도, 밥만큼은 웬만하면 햇반을 사 먹지 않고 흰쌀밥을 직접 지어 먹습니다. 그리고 쌀을 씻을 때마다 문득문득 이 시를 떠올립니다. 아주 잠깐이지만 이 시를 되읊으며 제 자신을 돌아보곤 해요. 지금은, 생쌀 같은 사람에서는 조금 나아간 것 같습니다. 시 쓰길 참 잘했습니다.

# 도망가자

너무나 맑고 청량했다. 지금 이대로도 괜찮다고
속삭이는 낙관적 날씨. 오늘따라 책을 마저 읽는 것도
빨래를 제때 돌리는 것도 싫증이 났고, 매 순간을
허투루 보내지 않으려는 내 모습에 진저리가 났다.
그럴수록 내가 바꿀 수 없는, 내가 벗어날 수 없는
것들이 더욱더 확대되어 보였으니까. 도망가자. 그래
봤자 갈 수 있는 데는 운동장밖에 없었다.

나가서 운동장을 뱅뱅 돌기 시작했다. 제주도
수학여행에서 본 마상쇼의 말처럼 돌고 돌았다. 내
마음이 그 위에서 무슨 짓을 하건, 내 팔과 다리는
그저 같은 행동만 반복했다. 그땐 말이 참
불쌍하다고 생각했는데, 사실은 말에 탄 사람이 가장
애처로운 존재였네. 은연중에 몇 바퀴 돌았는지
정확히 세려는 나를 보며, 그런 내가 못 쫓아오게
자꾸만 빨리 걸었다.

운동장을 둘러싼 배수로의 철제 덮개는 틀이 휘고
주변 흙이 패여 덜그럭댔다. 나는 일부러 덮개 위만
걸어 보았다. 철이 부딪히는 둔탁한 소리가 한적한
주말에 금을 냈다. 나는 더 세게 걸었다. 이대로 정말
무언가 깨부숴지기를 바랐던 걸까. 아니면 누군가 이
소리를 듣고 나와 함께 걸어 주기를 바랐던 걸까.
마음만 더 복잡해져 그만두었다.

저 모서리에서 돌지 않고 쭉 걸어 나가면 밖이었다.
들키지만 않을 수 있다면, 산등성이를 넘어 가까스로
오후 배에 오를 수만 있다면. 운 좋게 포항에서
잡히지 않고 저녁 기차에 몸을 실을 수 있다면. 내
도망의 끝은 아무도 모르는 곳이 아니라, 시시하게도
집이었다. 마상쇼의 말 탄 사람은 그곳이 집이었을까.
돌다가 지친 마음을 등에 업고 집 아닌 집으로 다시
돌아갔다.

# 그러기엔 하늘이 너무 맑고

주변 환경은 변하지 않았는데 마음만 불현듯 뒤숭숭해질 때가 있어요. 저는 감정의 굴곡이 심한 편이 아닌데도, 울릉도살이 중에는 마음이 막 울렁대는 날들이 이따금 찾아왔습니다. 군생활이 4분의 3 정도 지난 어느 날에는 아주 크게 너울 쳤지요.

싱숭생숭한 마음이 쉽사리 가시지 않아 운동장에 나가 수십 바퀴를 돌았는데, 그래도 도저히 해소되지 않았어요. 부대 건물로 돌아오자마자 노트와 펜을 찾았습니다. 저의 마음 그대로 "싱숭생숭"이라고 제목을 달고 나서는 뭐라도 써야, 시라도 써야 했습니다.

운동장을 연신 돌며 중얼거렸던 삐딱한 심정을 툭 옮겨 적었어요. 예쁜 구름이 떠 있으면 뭐 해, 구름 없는 텅 빈 공간이 더 많은걸. 날씨는 내 마음도 모르는지 너무 맑고 청량하네. 앞으로 갔다가 돌아올 줄만 아는 내 팔아, 너도 나처럼 달아나지 못하는구나…….

공 들여 써야겠다고, 오랫동안 고민하고 조탁해야겠다고 생각하지 않았어요. 그 순간의 답답하고 뒤집힌 감정을 서슴없이, 앉은자리에서 휘리릭 써 내는 게 중요했습니다. 그 감정에 더 이상 붙잡히고 싶지 않았어요. 그래서 세 덩어리로 툭툭 나눈 뒤 마침표를 찍고 끝내 버렸습니다.

무작정 달린 뒤에 큰 숨을 몰아 쉴 때처럼, 다 쓰고 나니 묘한 개운함이 샘솟았어요. 비유가 멋드러지거나 구성이 촘촘하지 않음에도 제가 이 시를 아끼는 이유입니다. 이 시를 읽으면 마음고생했던 그때의 어린 저를 추억할 수 있을 뿐 아니라, 시 쓰기의 통쾌함을 다시 느낄 수 있으니까요.

# 부대 일지

취사병 후임이 들어온 뒤로는 행정병으로 보직을
옮겼다. 식당에선 나 혼자 뚝딱거렸지만 행정실은
여러 사람이 드나들어 북적거렸다. 처음엔 낯설던
행정 일도 하다 보니 취사 일과 크게 다르지 않았다.
양파와 대파 대신 자음과 모음을 꺼내 들었고,
식칼로 송송 써는 대신 타자기로 톡톡 쳤다.
글자들을 한데 볶고 끓여서 깜빡이는 커서 위에
가지런히 올렸다.

행정병의 주요 업무는 부대 일지를 쓰는 일이었다.
하루 동안 부대에 어떤 일이 있었는지, 휴가를
나가거나 아픈 인원은 없는지, 차량 기름은 얼마나
남았고 다음 주엔 어떤 행사가 있는지 2단으로 된
한글 파일에 꼼꼼히 채워 넣었다. 간만에 비가 많이
내려 모두들 쉴 때면 하지도 않은 식당 청소나 화장실
청소를 써 넣기도 했다. 정말 아주 가끔. 사실은 종종.

부대 일지는 매일 상급 부대로 보고되는 만큼
사무적이고 군더더기 없게 기록해야 했다. "동해
바람에 숙성된 붉은 잎들이 흐드러지게
떨어졌다."라든지 "집으면 모래처럼 부서지는
고슬고슬한 눈이 내렸다."라고 쓸 수는 없었다. 대신
[14시~16시 배수로 특별 점검]이나 [08시~10시 제설
작업 실시]라고 쓰였다. 정확하지만 딱딱하고,
간결하지만 지루한 표현들. 꽉 차서 답답한
언어들에는 금방 익숙해지질 못했다.

그래서 부대 일지에는 쓸 수 있는 말보다 쓸 수 없는
말들이 더 많았다. 가장 아쉬운 건 울릉도 자연의
아름다움과 그 속의 일상을 담지 못하는 것이었다.
바다의 색은 매일 어떻게 달라지고 오늘 노을은
얼마나 고운지, 우리 백구는 어떻게 커 가며 나와
동료들은 오늘 얼마큼 성장했는지……. 그곳에 쓰지
못한 말들은 입속에 잘 밀폐해 두었다가, 일과가
끝나면 나만의 노트에 남몰래 담았다.

# 당신과의 작별을 기다리는 것이

도시에서만 살아 본 저에게 자연다운 자연 속을
살아가는 경험은 아주 낯설었어요. 그래서 울릉도
자연의 순간순간이 오히려 예민하게 감각되었나
봐요. 특히 한 계절에서 다음 계절로 넘어가는 미묘한
변화들을 알아챌 수 있었는데요. 여름에서 가을로
번져 가는 나날의 정취는 시로 남기고 싶을 만큼
인상적이었습니다.

우선 가을이 올 때 달라지는 것들을 하나씩 읊어
봤어요. 하늘이 높아지고. 반팔에서 긴팔이 되고.
바람이 선선해지고. 이런 평범한 감상을 시로
담아내고자 반복과 대구를 활용했습니다. 1연과
2연은 '~보다 ~더 ~즈음'으로 구성을 맞췄고, 3연과
4연은 반복되는 표현 외 낱말의 위치를 바꾸거나
발음이 유사한 단어를 배치했어요. 운율이 생겨 한결
시 같아졌지요.

또 무엇이 가을 무렵에 변할까 했더니 나뭇잎을
빼놓을 수 없었죠. 그래서 잎의 마음이 되어
봤는데요. 자신을 키워 준 나무와 이별할 수밖에 없는
가을은 푸른 잎에게 슬픈 계절이겠더라고요. 대신
잎이라면 그 슬픔을 겸허히 받아들일 준비를 하겠다,
그러니 "작별을 기다리는 것"이야말로 잎이 가을을
대하는 자세겠다 싶었어요. 가을의 정서를 잘 담는
생각이어서 그대로 시에 써 넣었습니다.

시 마지막에 달력을 넘기는 모습이 나오는 것은,
행정실에 걸린 큰 달력을 넘기는 일이 실제 제
담당이었기 때문이에요. 시를 쓸 당시 행정병이던
저의 모습을 시에 고스란히 담은 것이죠. 이 시를
읽으면 그때 행정실 창문으로 보이던 계절의 풍광이
꽤 선명히 되살아납니다. 울릉도 초가을의
아름다움이요.

# 너도 날벌레지?

평소와 같이 쌓아 둔 빨래를 널어놓으려 옥상으로
나갔다. 울릉도에 들어온 지도 일 년 가까이
지나서일까, 주말이 오는 것조차 지겹게 느껴졌다.
앞으로 몇 번을 더 반복해야 이 덫 같은 생활이
끝날까? 나도 모르게 무딘 한숨이 새어 나왔다.

바로 눈앞엔 빨랫감보다 더 한가득한 햇살이 자꾸만
쏟아졌다. 저 멀리엔 더욱더 한가득한 바닷물이 꽉꽉
들어차 있었다. 언제쯤 저 바다를 다시 건너갈 수
있을런지……. 하루하루가 빨랫줄에 걸어 놓는
빨래들처럼 축 처져 바싹바싹 말라 가는 듯했다.

빨래를 겨우 다 널었을 무렵, 건물 벽에 닿는 빨랫줄
끝에서 오래된 듯한 거미줄을 발견했다. 거미도 없이
버려진, 여기저기 구멍 난 낡은 거미줄이었다. 점성이
과연 남아 있나 싶은 이 너덜너덜한 거미줄에 자잘한
먼지, 윤기 잃은 깃털, 색 바랜 나뭇잎 들이 걸려
부들부들 떨고 있었다. 그리고 점처럼 작은 날벌레 한
마리가 날개가 축 처진 채 굳어 있었다.

지구의 한 점과 같은 작은 섬, 이곳의 어느 콘트리트
건물 한구석 점의 점 같은 거미줄에 걸려, 하필이면
거미의 먹이조차 되지 못한 죽음. 헛되고 허무한 생의
끝……. 불현듯 불어닥친 강한 바람에 날벌레의
시신이 정신없이 흔들렸다. 갑자기 날벌레가 나를
쳐다보았다. 입을 쩌억 벌렸다. 너도 날벌레지?

마음이 시선을 따라 요동쳤다. 무의미의 덫에 속박된
채 과거의 날갯짓도 잊고서 바짝바짝 타들어 가는
하루살이, 하나의 점으로 스스로 축소되어 가는
생이여. 햇살도 바다도 변하지 않았다. 변한 건 오직
내 마음뿐이었다. 덫을 친 것은 바로 나 자신이었다.
드센 바람이 다시금 불어닥쳤다. 또 한 마리가
무의미의 끈적한 거미줄에 대롱대롱 매달려 있었다.

# 죽은 // 나에게로 부는

군생활처럼 위계적이고 항시 긴장해야 하는 환경에서도, 시간이 쌓이니까 점점 새로울 게 없는 일상이 되어 갔습니다. 편안해지기도 했지만, 저도 모르게 무뎌지고 정체되더라고요.

그럴 때 목격한 날벌레의 죽음은, 아니 날벌레의 생은 매서운 경고음으로 울렸습니다. 또 거미줄이 지닌 어떤 속박의 은유도 제 자신의 무뎌짐을 깨닫게 하는 데 한몫했던 것 같아요. 아무쪼록 이 순간을 언제든 되새길 수 있도록 시의 형태로 기록하고 싶었습니다.

시행의 길이가 일정한 규칙을 지녔는데, 처음부터 의도한 건 아니었어요. 첫 몇 줄을 쓰다 보니 우연히 행 길이가 점점 길어졌던 거죠. 그래서 시행이 점점 길어졌다가 짧아지는 시각적 구성을 시도해 보기로 했어요. 쓰다 보니 시 자체가 거미줄처럼 보여서 그대로 밀고 나갔습니다.

마지막 시행은 "죽은 날벌레"라고 쓰고 싶었는데, 끝이 가장 짧아야 하니 어쩔 수 없이 "죽은"을 다음 시행으로 내렸어요. 그런데 이렇게 도치시키고 보니, 그다음에 "나"를 놓으면 중의적 의미로 읽힐 시적 틈새가 보였습니다. 죽은 날벌레, 그리고 죽은 나. 이게 정말로 제가 담고 싶던 메시지였죠. 그래서 연을 구분하고 두 행을 추가하면서 시를 매듭지었습니다.

그날 이후 다시 한번 자세를 고쳐 잡은 덕분에 군생활을 보람차게 끝마칠 수 있었던 것 같아요. 지금도 이따금 거미줄을 발견하면 이 시가 탁 떠오르곤 합니다. 그러면서 제 마음을 살펴보게 돼요. 거미줄에 걸려 있진 않나 하고요. 나만의 시를 마음속에 품고 사는 건 이렇듯 꽤 좋은 일입니다.

# 분대장 수첩

분대장이 되면 이전 분대장으로부터 '분대장 수첩'을 인계받는다. 표지에까지 국방 무늬가 그려진, 수첩이라기엔 꽤 두툼한 노트. 병사들의 일일 상태를 점검하고 기록해 대장님에게 직속으로 전하는 일지. 분대장 수첩은 대장님과 분대장만 공유하기에 일종의 작은 기밀과도 같았다. 처음 받아 든 분대장 수첩은 생각보다 더 무거웠다.

분대장 수첩에는 매일 병사들과 상담한 내용을 적는 칸이 있었다. 나는 분대장으로서 그 칸을 꽉 채워야겠다는 욕심, 책임감을 느꼈다. 그래서 저녁 점호가 끝나고 나면 한 명씩 돌아가며 15분 가까이 이야기를 나누기 시작했다. 처음엔 선임자로서 군생활의 고충을 잘 해결해 주면 되겠지 싶었다. 그런데 그 시간이 쌓일수록 오히려 내가 분대장이란 직책에 얽매여 있었음을 깨달았다.

계급의 수직적 위계에서 벗어나 나는 점점 그저 조금 일찍 입대한 앞사람, 나아가 세상에 조금 더 일찍 태어난 앞사람으로서 상담을 대하게 되었다. 나중엔 상담이란 말도 무색해졌다. 우리는 같은 시대를 함께 관통하는 청춘일 뿐인데. 누구랄 것 없이 서로가 서로의 앞사람이 되어 주는 동료인데. 무거운 책임감을 내려놓으니 대화는 오히려 자유로워졌고, 상담 일지 칸은 쓸 공간이 모자랐다.

3개월간의 분대장 생활을 마치고 후임자에게 분대장 수첩을 넘겨줄 때, 그에게 그동안 내가 쓴 일지들을 꼭 한번 읽어 달라고 부탁했다. 그곳에 내 진심이 한 글자 한 글자 담겨 있으니까. 분대장 수첩은 여전히 무거웠다. 하지만 그 무게를 받칠 만큼의 마음 근육이 생긴 것만 같았다. 나는 그에게도 그런 경험이 되기를 간절히 바랐다.

# 설원을 헤쳐 가걸랑

현역 생활을 하면 자연스레 계급은 높아지고 아래 후임은 많아지기 마련입니다. 그러다 보면 원하든 원하지 않든, 자신이 속한 곳의 '리더' 역할을 한 번은 꼭 맡게 되어요. 한 공동체를 이끄는 책임감을 경험해 보게 되는 거죠.

울릉도 생활의 마지막까지 잘해 내고 싶었고, 리더로서 후임들에게 더 지내기 좋은 부대를 물려주고 싶었어요. 그 마음가짐을 다잡고자 시를 쓰기로 했고, 애초에 염두에 둔 "앞사람"이란 표현으로 제목부터 달아 놓고 시작했습니다.

저의 분신인 화자가 앞사람으로서 어떤 길을 걸어가야 할지 상상했어요. 평탄하고 잘 정돈된 길은 아니겠지요. 한 걸음 내딛기도 어려운 길, 그래서 '진흙길'을 걷는 상황을 그에게 던져 줬어요. 한 걸음 내딜 때마다 신발이 엉망이 되고 힘이 쭉쭉 빠지는 길을 걸어 보라. 그런데 그는 진흙길을 꿋꿋이 걸어 나갔어요.

그를 포기시키고 싶었습니다. 이제 멈추라고, 여기서 그만둬도 괜찮다고요. 그래서 그를 '설원'으로 보냈습니다. 울릉도에 살면서 설원이 얼마나 힘든지 몸소 느꼈거든요. 하지만 그는 발이 푹푹 빠져도, 발이 꽁꽁 얼어도 끝까지 걸어갔어요. 부르터진 맨발에서 피가 흘러넘쳐도 뒷사람을 위해 혼신으로 나아갔습니다. 제가 그처럼, 시 속 화자처럼 되고 싶었던 겁니다.

[에세이]에서 썼듯 책임감을 조금 내려놓았을 때 원했던 바를 이뤘지만, 초심의 의지가 없었다면 애초에 시작도 못 했을 거예요. 이 시는 제 자아 중 가장 굳건하고 자기희생적인 모습을 간직하고 있습니다. 마음을 다잡고 싶을 때, 의지를 다시 북돋우고 싶을 때면 이 시의 붉은 발자국을 찾아옵니다.

# 외사람

물안개가 짙게 밴 해안도로를 지나고 있었다. 풍랑이 거세고, 비바람이 몰아치고, 물보라가 도로를 덮치는 날씨였다. 빗방울이 때리는 차창 너머로 동해 바다를 무심히 바라보았다. 외딴 바위 하나가 육지 가까이에 덩그러니 솟아 있었다. 삼선암 같은 근사한 설화 하나 없을 것 같은, 관광 지도에 딱히 표시될 것 같지 않은 그저 그런 바위. 그 바위가 외로워 보였다.

수백 번도 더 오갔던 길인데 왜 지금에서야 이 바위가 내 시선을 붙잡는 걸까. 그리고 왜 이 존재에게서 외로움이란 감정이 선명히 느껴지는 걸까. 그와 점점 가까워질수록 외로움이란 바로 이런 모양이구나 하는 확신이 차올랐다. 동시에 어떻게든 그를 위로해 주고 싶다는 조바심이 가슴에 마구 파도쳤다. 하지만 외로움을 다루는 법은 배워 본 적이 없었다. 무력한 나를 뒤로한 채 외바위는 물안개 속으로 멀어졌다.

짙은 밤이 되도록 외바위가 잊히지 않았다. 외바위는 내 마음속 감정의 지도에 각인되어, 자신에게 어떤 이야기라도 건네주기를 기다리고 있었다. 외로움에 떨고 있을 그에게 내가 무엇을 해 줄 수 있을까. 눈을 감고 천천히 떠올려 보았다. 파도가 되어 이겨 내라고 다그쳐도 보았다. 안개가 되어 꽁꽁 가려도 보았다. 함박눈이 되어 마냥 덮어도 보았다. 그러나 그 무엇도 그의 외로움을 진정 보듬지 못할 것만 같았다.

나는 내가 가진 것을 생각했다. 사람으로서 내가 가진 것. 파도, 안개, 눈은 가지지 못한 것. 눈물. 마침내 내가 할 수 있는 일이 또렷해졌다. 그저 옆에서 울어 주면 되겠구나. 내가 충분히 지니고 있는 것을 그와 함께 나누면 되겠구나. 굴곡진 그대로 어루만져 주는 물이 되어, 얼룩진 그대로 안아 주는 투명한 물방울이 되어. 그날 나는 오랜만에 평온한 잠에 들었다. 마치 외로운 사람이었던 것처럼.

# 물이 물답게

울릉도 생활이 얼마 남지 않은 날이었어요. 전역을 앞둔 기쁨, 사회로 돌아가는 불안함, 새로운 시작의 설렘, 청춘의 한 시절이 끝나는 헛헛함…… 여러 감정이 뒤섞여 스스로를 주체하기가 힘든 시기였습니다. 세상에 나 혼자인 것만 같은 기분이었죠. 외롭다고 느껴졌어요.

외바위가 있던 해안도로는 군생활 동안 수십 번은 지난 길이었습니다. 그런데 그때서야 눈에 콕 박힌 건, 그 바위에 무의식적으로 제 감정을 투영했었나 봐요. 시를 쓸 순간이 찾아왔다고 느꼈습니다. 시를 쓰다 보면, 제 마음이 무엇을 원하는지 탐색해 볼 수 있으니까요.

물의 여러 속성을 이용해 시상을 전개해 보기로 했습니다. 그날 제가 본 풍경에는 비, 안개, 파도 등 물이 아주 많이 존재했기 때문이죠. 물의 다양한 상태를 하나씩 호명하며 제가 그 존재가 되어 보았습니다. 그러다 보니, 제 마음이 무엇을 원하는지 조금씩 길이 보였습니다. 저는 그저, 저 스스로를 위로해 주고 싶었던 겁니다.

외로워하는 나의 존재 자체를 받아들이는 것. 이러한 나의 모습이 전혀 이상한 게 아니라는 것. 내가 아닌 무엇이 되려 말고, 나를 나답게 받아들이는 것. 물이 물답게, 가장 물다운 상태인 비가 되어 바위의 굴곡 그대로 부드럽게 흘러내리듯이. 시를 다 써내려 갔을 때쯤, 제 외로움은 꽤 많이 증발되어 있었습니다.

전역을 앞두던 그때의 저는, 어느덧 시간이 흘러 아저씨가 되었습니다. 그땐 돈만 벌면 많은 걱정들이 사라질 거라 생각했는데, 삶의 외로움은 형태만 달라져 불쑥 찾아오더군요. 그럴 때면 저는 이 시를 찾아갑니다. 제 마음을 잘 알아주는 친구를 만난 것처럼, 마음이 한결 편해지곤 합니다.

# 부대로 가는 길

도동항에 내린 뒤 대장님과 나를 데리러 온 차에
올라탔다. 베레모를 쓴 머리에선 더운 땀이 흐르는데
두 손은 긴장해서인지 핏줄이 꽉 좁아져 차가웠다.
찻길도 배에서 내린 사람들로 좁아져 한동안
나아가지 못했다. 나는 두 손에 입김을 불어넣으며
호흡을 달랬다. 차는 조금씩 도동항을 빠져나와
바다를 마주한 해안도로에 들어섰다.

울릉도를 한 바퀴 도는 듯 해안도로를 꽤 오랫동안
달렸다. 울릉도 찻길은 도시와 달리 신호도 분기점도
거의 없었다. 관광객에겐 지나는 풍경 하나하나가
새로운 길이겠지만, 이방인에겐 왼쪽으론 파도가
울렁이고 오른쪽으론 낙석이 즐비한 이질적인
길이었다. 나는 왠지 긴 터널 속에 있는 것만 같았다.
이 길의 끝에 멈춰 설 때, 아직 터널 속이면 어떡하지.

언젠가 인생 마지막 날의 세수에 대해 생각한 적이
있었다. 세수를 하면 꼭 한 번은 거울을 보기
때문인지, 아무튼 내가 내 눈을 바라보며 마지막으로
무슨 말을 건넬까 궁금했었다. 부대로 가는 차
안에서 묵혀 있던 이 질문이 느닷없이 튀어 올랐다.
지금보다 더 답이 없는 뾰족한 질문을 손에 꽉 쥐어
막막함과 불안함을 잊고 싶었던 걸까. 가끔씩 저린
손을 펴 얼굴에 맺힌 땀들을 닦아 냈다.

어느 순간 해안도로에서 우회전해 산이 보이는
오르막길로 들어섰다. 구불구불한 급경사에 나는 쉴
틈 없이 흔들거렸고, 자꾸만 손을 꽉 쥐었다. 잘할 수
있을까. 잘할 수 있어. 버틸 수 있을까. 버틸 수 있어.
쏟아질 것만 같은 나를 붙잡으며 한참을 혼자 묻고
답했다. 딱딱한 가슴에 작은 구멍이라도 뚫릴
때까지, 얼음장 같던 손이 땀으로 흥건해질
때까지……. 차가 멈춰 섰다.

# 나와 나 사이

「끝세수」…18쪽

울릉도에 처음 들어와 두세 달은 정신없이 보냈어요.
군생활은 제가 살아온 세상과 전혀 다른 곳이었기에
몇 달이 지나서야 마음의 여유가 조금 생겼고,
그때부터 노트를 꺼내 시를 하나씩 적어 나갔습니다.
이번 시는 울릉도살이 초기에 쓴 시 중 하나예요.

세수의 의미를 다시금 돌이켜 봤어요. 얼굴은 옷으로
가리지 않는 신체 부위이자 한 사람의 정체성을 가장
잘 드러내는 외형입니다. 그래서 얼굴을 깨끗하게
닦는 행위는 내가 나임을 드러내는 증표, 오늘 하루를
나로서 충실히 살아가겠다는 약속이겠다
생각했어요.

세안대 앞에는 꼭 거울이 있어서 세수할 때면 자신의
얼굴을 볼 수밖에 없죠. 실제로 저는 세수하는 동안
저에게 그냥 웃어 주고 격려해 주는 등 스스로와
소통하곤 했어요. 그래서 인생의 마지막 날을 상상할
때 세수하는 순간을 떠올렸구나 싶습니다. 죽기 전
'타인'에게 남기는 유언보다 '자신'과 나누는 대화가
더 중요할 테니까요. "나와 나 사이" 말이에요.

마지막 날의 나와 무슨 대화를 나눌까 시를 쓰면서
한참 고민했는데요. 음…… 안 떠올랐어요. 사실 참
어려운 질문이잖아요. 대신 다른 방향으로 시를
끝맺기로 했습니다. 매일매일 깨끗이 세수하듯, 바로
오늘을 충실히 살자는 다짐으로요. 저에겐 당장에
18개월의 의무가 놓여 있었고, 일단 그 끝에 잘
도달해 보자는 마음이었습니다.

그래서인지 울릉도에서 보냈던 삶은 정말 알찼어요.
이 시만 읽어도 그때의 절실함이 느껴지네요. 지금은
인생의 마지막 날을 상상해 본 지도 꽤 오래된 것
같습니다. 세수하면서 저에게 웃어 주는 횟수도 부쩍
줄었구나 싶고요. 내일 아침에는 나에게 말을 걸어
봐야겠어요.

# 히치하이킹 블루

따분한 하루에 지쳐 동료들과 한나절 외출을 나온 날이었다. 마지막으로 관음도를 걷고 내려오는 참에 갑자기 소나기가 쏟아졌다. 우리는 매표소 앞 버스 정류장에서 잠시 기다리기로 했다. 장정 네 명이 나란히 앉기에는 좁은 그곳에, 플라스틱 반투명 지붕 위로 빗소리가 후드득후드득 떨어졌다. 청량한 빗소리로 침묵을 달래며 가만히 앉아 있었다.

그러나 비는 더 매서워져 정류장 안에서도 바짓단이 점점 젖어들었다. 버스마저 좀처럼 오지 않아 복귀 시간에 늦을까 마음도 축축해져만 갔다. 더 이상 빗소리가 빗소리로 들리지 않았다. 결단을 내려야 했다. 나는 빗줄기 사이를 뚫고 매표소로 달려갔다. 짧은 머리의 물기를 털어 낸 뒤 조심히 창문을 두드렸다. 저희 좀 태워 주실 수 있을까요? 네, 그럼요! 우리는 재빠르게 차에 올라탔다.

나는 습습한 침묵을 질문으로 닦았다. "매표소 일은 어떠신가요?" 사실은 속으로 생각했다. 똑같은 바다, 별다를 것 없는 일상이 지겹지 않으신가요. 선생님이 보조석 너머를 슬며시 바라보았다. "출퇴근할 때마다 바다를 볼 수 있잖아요. 그래서 행복해요." 나는 선생님의 시선을 따라 고개를 돌렸다. 낯선 바다였다. "그거 아세요? 울릉도 바다는 매일매일 색이 달라요." 선생님은 자연스럽게 핸들을 감았다. "모든 색이 아름답죠."

바다 색이 매일 다를 거라 생각해 본 적 있었던가. 해안도로를 달리는 동안 나는 그 지겹던 바다만 바라보았고, 어느새 차 지붕 위로 떨어지는 청량한 소리들이 들려왔다. 우리는 부대 가까운 마을에 내렸다. 선생님은 잘 지내라는 응원을 남겼고, 우리는 당찬 인사 뒤로 비를 맞으며 힘껏 달려갔다. 내 머리 위로 떨어지는, 빗소리가 빗소리로 들렸다.

# 사랑하기 좋은 날씨

비는 항상 저를 일깨우는 존재입니다. 이번엔 맑고
시원한 소리로 매너리즘에 빠져 있던 제 일상을
돌아보게끔 이끌어 주었죠. 그래서 빗소리가 지닌
본연의 기쁨을, 바로 그 청량감을 시로 간직하고
싶었어요.

실제로는 비가 내림으로써 빗소리가 생길 수
있는데요(비 → 소리). 이 상식적인 관계를 슬쩍
뒤집었더니 색다른 의미가 탄생했어요. 하늘에서
내리는 건 소리인데, 그것이 비처럼 내린다고
말이에요(소리 → 비). 소리를 문장의 주체로 삼으니
시의 중심이 금세 잡혔습니다.

그런데 '소리가 비처럼 흐르네'라고 쓰려니 괜스레
밋밋했어요. 더 좋은 표현을 찾아보려 이전에 쓴
시들을 한번 훑어봤는데, 마침 「햇별」에서
"흐르르네"라고 썼던 거예요. (과거의 나를 칭찬하며)
'르' 한 글자 더했을 뿐인데 한껏 부드러워진 이
표현이 맘에 쏙 들어서 이번 시에도 살포시
담았습니다.

이렇게 첫 연을 완성하고 2연과 3연으로 빗소리의
감성을 구체화하고 나니 물음이 생겼습니다. 기분
좋은 빗소리를 듣고 나면 과연 뭘 하고 싶어질까.
그냥, 사랑하고 싶어질 것 같은 거예요. 개운한
잠에서 막 깨어 이불을 갤 때처럼, 그 무엇이든
사랑할 힘이 불쑥 샘솟는 그런 마음이요. '사랑'이란
단어로 쓰고 나니 더는 뒷말이 필요 없었습니다.

돌이켜 보면 그때 매표소 선생님은 자신의 삶을
사랑하는, 가장 귀중한 사랑을 하셨던 것 같아요.
선생님은 여전히 매표소에서 일하고 계실까요?
바다를 보러, 빗소리를 들으러 관음도에 다시 가 보고
싶네요. 이 시를 꼭 선물로 드리고 싶습니다.

# 불편한 비

비 오는 날이면 이래저래 많은 것이 불편해졌다. 옥상에 널어 둔 빨래도 황급히 걷어야 했고, 야외에서 작업이라도 하면 홀딱 젖은 군화까지 뒤집어 말려야 했다. 건물 어딘가에 비라도 새면 양동이를 질질 끌고 와 부산스럽게 물을 퍼내야 했다. 그런데 언제부터 비가 불편해졌던가?

아주 어릴 적, 친형과 나는 유리창 앞에 쭈그려 앉아 장대비의 광경을 두런두런 바라보았다. 그러다 형은 번개가 번쩍이면 곧바로 초를 세 보라고 했다. 몇 초 뒤 천둥 소리가 울릴 때, 340에 헤아린 초만큼 곱하면 번개가 친 곳까지의 거리를 알 수 있다고. 어린 나는 다른 번개가 떨어질세라 열심히 계산했고, 형은 내 옆자리를 가만히 지켜 주었다. 그때 나는 비가 그치지 않기를 바랐다. 영원히.

그 아이는 어느새 웃자라 이제는 비가 빨리 그치기만을 바라고 있었다. 군대에서 눈이 오면 하늘에서 쓰레기가 내린다고 하는데, 번개의 거리를 더 이상 궁금해하지 않는 나에게 비는 젖은 쓰레기에 가까웠다. 비의 감촉을 반기던 동심은 값싼 우산처럼 어딘가에 잃어버린 채, 행여 비가 피부에 닿을까 실내로 뛰어 들어오고, 방바닥이 조금이라도 눅눅해질까 유리창을 열지 않게 되었다.

그리고 내 마음도 쉽게 열리지 않게 되었다. 아주 작은 틈새만이 타인에게, 혹은 나 자신에게 허용된 범위였다. 비를 피하듯 나는 나를 피해 온 걸까. 어릴 적 나에게 왔던 비는 지금 울릉도에 오는 비와 조금도 달라지지 않았을 텐데. 나는 조금씩 어른이 되어 간다고 생각했는데, 그냥 불편한 게 싫은 사람이 되어 가고 있었다. 이 비가 금방 그칠 것 같지 않았다.

# 나에 대한 온도를 가늠해 본다

어릴 적부터 비 오는 날을 좋아했습니다. 비 내리는 풍경을 바라보며 이런저런 생각에 제 맘속에 쌓여 있던 질문들을 하나씩 정리하곤 했어요. 비를 대하는 태도가 바로 제 자신을 대하는 태도였죠. 삶의 환경이 완전히 바뀐 군생활 동안에는 더 깊고 많은 상념에 빠지곤 했습니다.

이처럼 비를 바라보는 행위에는 자아 성찰의 욕구가 항시 내재해 있었어요. 그래서 유리창에 부딪히는 빗소리를 누군가 문을 두드리는 소리로 표현했어요. 닫힌 문을 두드린다는 건 그 너머의 상대와 소통하고 싶다는 의미니까요. 그리고 제 마음의 문을 두드리는 이는 다름 아닌 제 자신인 것이죠.

시를 이어 쓰면서 제가 스스로를 어떻게 대하고 있는지 생각해 봤습니다. 나 자신이 딱히 미운 것도 아니지만, 그렇다고 내 자아를 똑바로 직면하기도 싫은 어중간한 태도를 취하고 있었던 거예요. 그래서 시에서는 유리창을 아주 잠그지도, 그렇다고 활짝 열지도 않는 모습으로 그려 냈습니다.

마지막으로 지금까지의 흐름을 압축적으로 정리해 줄 한 줄을 고민했어요. 예전과 달리 이제 비를 불편해하는 나, 이렇게 변한 나를 제대로 돌아보려 하지 않는 나. 결국 과거와 현재를 비교할 수 있는 척도가 시에 필요했고, 그 척도의 상징으로 '온도'가 어울리겠다 싶었습니다. 비의 심상 하면 청각(빗소리) 못지않게 촉각(시원함, 차가움)이 떠오르니까요.

이때 "나의 온도"가 아니라 "나에 대한 온도"라고 썼습니다. 이 시는 '나'가 아니라 '나를 대하는 나'를 표현하는, 3인칭 관찰 시점에 가까운 시이니까요. 이렇게 제 마음속 하나의 큰 질문을 시라는 구체적 형태로 만들어 냈어요. 이것이 해답을 주는 건 아니지만, 제 마음을 보다 명확하게 정리할 수 있었습니다.

# 우린 빗방울들처럼 만나

여름비가 오전부터 쏟아지는 바람에 제초 작업을
어제 이어서 계속할 수 없었다. 이럴 땐 식당이나
내무반을 대청소하곤 했으나, 마침 실내에서 할
작업들까지도 다 끝낸 상태였다. 오랜만에
여름비처럼 시원한 오후 휴식이 모두에게 주어졌다.
나와 동료들은 휴게실에 옹기종기 모여 앉았다.

처음엔 모처럼의 여유를 즐기며 보슬비 같은 농담을
주고받았지만, 우리는 이내 폭우 같은 무거운 침묵에
젖어 들었다. 바쁜 하루에 애써 잊고 있던 질문이
갑자기 생긴 시간의 빈틈으로 마구 범람해
들어왔기에. 제대하면 뭘 해야 할까? 울릉도를
떠나면, 그렇게 다시 세상 밖으로 나가면 나는 뭘 할
수 있지? 우리는 모두, 고작 스무 살을 갓 넘긴
청춘들이었다.

창문을 두드리는 빗소리도, 우리의 불안과 걱정도
그칠 줄 몰랐다. 그때 나는 동료들을 한 번씩
쳐다보았다. 사소한 계급 차이 너머, 우리는
본질적으로 같은 눈빛을 공유하고 있었다. 그리고
나와 동료들은, 생의 한 페이지를 함께 쓰는 소중한
인연이었다. 드넓은 하늘에서 시작했어도 울릉도의
작은 건물 좁은 창문에서 만난 저 빗방울들처럼.
빗방울들은 각자만의 빛깔로 나지막이 반짝이고
있었다.

휴게실에는 누구 것인지 모를 기타 한 대가 놓여
있었다. 선임이 한 곡 쳐 줄 수 있냐고 나에게 물었다.
난 짧은 고민 끝에 버스커버스커의 〈여수 밤바다〉로
축축했던 긴 침묵을 깨뜨렸다. 빗소리의 리듬이
더해져 노래는 더 울려 퍼졌고, 동료들의 얼굴에는
조금씩 미소가 번졌다. 창문 밖에선 햇빛이 점점
돌아오고 있었다.

〈여수 밤바다〉

# 빛방울 되어 내렸으면

「유리창 안에서」와는 달리 이번 시는 희망을 노래해
보자 마음먹었습니다. 처음엔 마음먹은 만큼 시가 잘
써지지 않아서 '빗방울'을 속으로 계속 중얼거려
봤어요. 그랬더니 '빛방울'이라 써도 발음이 똑같다는
걸 발견했습니다. 창문에 빛이 방울처럼 맺혀 있다.
받침 하나만 바꿨는데도 새로운 단어, 새로운 의미가
탄생한 거예요.

이처럼 조어(造語)를 통해 시의 중심을 잡아 줄
표현을 얻었고, 이제 '빛'을 가지고 시상을 이어
나갔어요. 빛과 희망을 합치면? 하얀색 – 깨끗함
– 순수함이 떠올랐습니다. 이것들을 다 얼싸안을 수
있는 것은? 그것을 찾아내는 덴 오래 걸리지
않았습니다. 비와 고향이 같은, '별'이었어요. 저
방울들은 사실 비가 아니라 별이었구나. 그래서
저리도 투명하게 빛날 수 있구나.

창문에 맺힌 빗방울들은 서로 합쳐져 흘러내립니다.
그 모습을 가만히 보고 있자니, 지나는 모든
물방울을 포용하며 천천히 흘러내리는 거 있죠. 마치
어머니 손길처럼, 속 앓는 아이의 배를 쓰다듬어 주는
따뜻한 그 손길처럼요. 마음이 힘든 모든 이들에게
어머니 손길처럼 희망이 닿기를 바랐어요. 사실은, 그
누구보다도 제가 그 손길이 간절히 그리웠던 것
같아요.

'빛방울'이 시의 중심이라면, '어머니 손길'은 시의
질감입니다. 이 둘이 마지막 행에서 하나로
연결되도록 시를 끝맺음으로써 제가 전하고픈
메시지를 응축시켰습니다. 우울감이 하루종일
내리는 날에도, 희망이 담긴 시 하나 마음속에 품고
있다면 우린 따뜻함을 잃지 않을 수 있을 거예요.

# 괜찮아요

평소라면 한창 바쁠 오후 시간, 나와 동료들은 2층
내무반에 정렬해 앉아 있었다. 이내 이곳과는 너무
이질적인 구두 뒷굽 소리가 복도에서 울려 퍼졌다.
포근한 인상의 심리 상담사 선생님이 들어오자
우리는 어색하게 거수 경례를 한 뒤 다시 자리에
앉았다. 인사말을 건네는 중년 여성의 목소리가
이상하게 마음에 울려 퍼졌다.

짧은 도입 후 한 명씩 마음 상태를 말해 보는 시간을
가졌는데, 나는 후임이 많아진 지금이 생각보다
힘겹다고 말했다. 더 모범을 보여야 하고 실수하지
말아야 한다는 부담감. 말하면서도 스스로 놀랐다.
내가 이렇게까지 느끼고 있었구나. 전체 상담이
끝나고 선생님은 일대일 개별 상담을 받고 싶은
사람이 있는지 물었다. 나는 가장 먼저 손을 들었다.

잠깐 쉬었다가 내무반 바로 앞 휴게실로 자리를
옮겼다. 나는 막혀 있던 이야기를 독백처럼 꺼냈다.
저 스스로가 버거울 때가 있습니다. 저 스스로 옥죄는
성격이란 건 알면서도, 거기서 벗어나질 못하겠어요.
— 자신을 좀 더 내려놓아도 괜찮아요.
저라고 안 해 본 건 아닙니다. 그런데 잘 안돼요.
내려놓으면 영영 잃어버릴까 두려워요. 뭔지 몰라도,
무언가 중요한 것을요. 그게 나 자신이면 어떡하죠.
— 하루 5분이어도 괜찮아요. 아무것도 안 하는
시간을 가져 보세요. 정말 괜찮아요.

상담사 선생님은 5분을 해 보고 괜찮으면 시간을
아주 조금씩 늘려 보라고 하셨다. 제가 할 수
있을까요. 이 말은 숨긴 채 나는 감사 인사와 함께
휴게실을 나왔다. 나는 누구나 할 수 있는
조언이라고, 따뜻하지만 간편한 위로일 뿐이라며
스스로 마음의 틈을 닫아 버렸다. 그런데 '괜찮다'는
말이, 그 말이 어느새 비좁은 틈을 비집고 들어와 내
맘속에 울려 퍼졌다. 장마철 비처럼 하루 온종일.

# 토오—닥

심리 상담사가 방문할 줄은, 그것도 배 타고 4시간 넘게 고생해야 하는 울릉도까지 올 줄은 몰랐습니다. 처음엔 병사들의 사고를 방지할 형식적인 프로그램이라 여겼어요. 하지만 상담사 선생님과 나눴던 대화는 시간이 지날수록 제 마음속에 파문을 일으켰습니다.

오늘 시는 빗소리를 듣다가 불현듯 시상이 떠올라서 쓴 시입니다. 저도 정확히 기억은 안 나지만, 심리 상담을 받은 후 한 달도 채 안 됐던 날일 거예요. 그때 느꼈던 위로의 울림이 여전히 남아 있어서, 비가 땅에 닿는 소리가 토닥토닥 다독여 주는 위로의 소리로 들렸던 것 아닐까 해요.

'토닥'이라는 낱말 자체가 발음도 글자 모양도 이뻐서 이걸 시에서 잘 사용하고 싶었어요. 우선 첫 연에서는 두 행에 걸쳐 '토닥'만 써 넣었습니다. 누군가를 위로해 줄 때는 최대한 부드럽게 천천히 다가가잖아요. 시의 호흡도 그에 맞춰 빠르지 않게, 잔잔한 비가 오듯이 시작했습니다.

그다음에는 '토닥'을 연달아 붙여 리듬감을 살짝 높였어요. 빗줄기가 서서히 늘어나듯 위로의 마음도 조금씩 깊어지는 것이죠. 그리고 생각했습니다. 어깨를 토닥여 주기만 하나? 한 번쯤 스윽 쓰다듬어 주기도 하는걸. 여기에 착안해 '토닥'을 길게 늘여 보았고, 줄표(—)까지 넣으니 보기에도 읽기에도 넉넉한 위로의 글자가 만들어졌습니다.

이 시를 쓴 지 꽤 오랜 시간이 지났어도 여전히 제 삶이, 제 자신이 버거울 때가 있네요. 그래도 문득 빗소리가 들리면 그래 괜찮아, 충분히 괜찮아 하며 스스로를 토닥여 줍니다. 어쩌면 이 시는 미래의 나에게 미리 보내 놓은 위로였나 봐요. 시를 남긴 젊은 날의 나에게 고마움을 전해 봅니다.

# 푸른 잎사귀의 항해

눈이 벼락처럼 쏟아지던 겨울날, 수조 탱크의 수위가
빠르게 줄어들고 있었다. 눈의 무게에 배수관이
망가졌는지 아니면 추위에 물이 꽝꽝 얼었는지, 물
펌프로부터 물이 올라오지 못하고 있었다. 이대로
가다간 밥을 지을 수도, 샤워를 할 수도 없기 때문에
그야말로 비상이었다. 바삐 무전기를 점검하고서
거칠게 쏟아지는 눈보라 속으로 걸어 들어갔다.

산 깊은 곳에서 물을 끌어오는 만큼 물 펌프도 깊은
곳에 숨어 있었다. 잘 닦인 길이 아니라 굴곡진
능선을 타야 하기에 오르막길과 내리막길을 계속
오르내려야 했다. 더군다나 아무도 오고가지 않는
길이어서 내린 그대로 켜켜이 쌓인 눈들에 발이 푹푹
빠졌다. 움푹 가라앉는 발자국만큼 힘도 쭉쭉
빠졌다. 하얀 눈에 감전된 듯, 겹겹이 신은 양말 속
발가락이 자꾸만 찌릿거렸다.

다음 물 펌프를 향해 비탈진 설원을 오르고 있었다.
무전기 너머 짧은 농담마저 이제 들리지 않을 무렵,
눈길 한가운데 무언가 덩그러니 놓여 있었다. 길쭉한
초록색 잎사귀였다. 잘못 찍힌 점처럼 너무나 생경한
장면이었다. 설원을 오를수록 점점 가까워졌다.
눈보라가 거센데도 푸른 잎은 선명한 궤적을 남기며
오르막길을 묵묵히 오르고 있었다. 그것은 마치 하얀
바다 위 작은 조각배 같았다.

불현듯 눈보라가 멎었다. 잎사귀가 하얀 물결을
헤치는 소리까지 들릴 듯한 정적. 나는 가만히 서서
아무도 모를 절정의 항해를 지켜보았다. …… 그것은
다름 아닌 나의 모습이었다! 가슴에서 불쑥 따뜻함이
솟아났다. 나는 심호흡을 크게 한 번 했다. 그리고
다리로 노를 저어 다시 앞으로 나아갔다. 뒤로
무수한 발자국들을 선명히 남기며.

# 하얀 바다 위를 뒹구는데

울릉도의 겨울은 눈이 정말 많이 옵니다. 지리 시간에
배운, 우리나라 최대 다설 지역이라는 사실을
뼈저리게 느낄 수 있죠. 그래서 인적이 드문 곳에는
항상 눈이 소복히 쌓여 있고, 발자국 하나 없는
눈길을 꽤나 쉽게 만날 수 있어요.

쌓인 눈이 워낙 깊어 대부분 발밑을 보고 걸어야
하는지라 주변 풍경은 막상 인지하기 어렵습니다.
그렇기에 새하얀 눈길에서 푸른 잎사귀를 맞닥뜨리면
적잖이 낯설 수밖에 없어요. 그때 그 순간, '이야, 꼭
하얀 바다를 뒹구는 것 같네'라는 생각이 불쑥
솟아났습니다. '하얀 바다'라는 표현이 마음에 쏙
들어서 시로 발전시켜 보자 싶었죠.

그날의 경험을 돌이켜보면, 푸른 잎사귀를 만나기
전의 저와 만난 후의 제가 달라져 있었습니다. 그래서
시도 "하얀 바다 위를 뒹구는데" 시행을 기점으로
화자의 감정 상태가 상반되게끔 구성했어요.
전반부에서는 입김과 발자국의 비유로써 눈길을
오르는 고단함을 묘사했습니다. 그리고
후반부에서는 초록색과 하얀색의 대비, 항해하는
배의 은유로써 활력과 의지를 되찾는 모습을
극적으로 표현했습니다.

눈길 걷는 행위를 바다를 헤치는 항해로 바꿔 놓아서
그런지, 소설『노인과 바다』를 읽었을 때 이 시가
곧장 떠오르더라고요. 결국 이 시는 인생의 여정과도
맞닿아 있었고, 이제 이 시는 삶이 험한 눈길과
같다고 느껴질 때 제가 희망을 회복할 수 있도록
독려해 주는 시가 되었습니다.

# 두고 온 우산

하마터면 우산을 두고 내릴 뻔했다. 좌석 모서리에 세워 둔 우산을 황급히 집어 올림픽공원역에 가까스로 내렸다. 일기예보는 겨울비 소식을 전했는데, 집을 나설 때만 해도 비가 오진 않았다. 계단을 오르는 사람들 모두 각양각색의 우산을 들고 있었다. 한 층 한 층 지상에 가까워질수록 공기 속 물기가 짙어졌고, 희미하게 자글자글거리던 소리는 투두둑투두둑 소리로 번져 갔다.

나는 잠시 멈춰 제목에 '비'가 들어가는 노래들로 플레이리스트를 채운 뒤 다시 걸었다. 첫 노래의 경쾌한 피아노 반주에 발걸음이 점점 가벼워졌고, 어느덧 마지막 층계 위쪽으로 빗줄기가 보였다. 오랜만에 보는 친구들, 그리고 오랜만에 만나는 겨울비. 이 기분을 어떻게 글로 써 볼까. 수필, 시, 그 무엇이든 분명 멋진 글이 써질 거야. 나는 콧노래를 흥얼거리며 우산의 끈을 미리 풀었다.

우산을 펼치고 막 나가려던 참이었다. 어떤 할머니께서 입구 바로 앞에서 무언가를 황급히 집어 옮기고 있었다. 작은 수레 위에 놓인 그것은 딱 봐도 김밥이었다. 김밥을 감싼 겉 은박지에는 물방울이 알알이 맺혀 있었고, 가로등 불빛에 은색 덩어리들이 어색하게 빛나고 있었다. 봉지에 다 못 들어가자 할머니는 남은 김밥들 위로 급히 비닐을 덮으셨는데, 할머니 머리 위는 무엇으로도 덮여 있지 않았다.

공연이 있는지 멀리 경기장 쪽에서 빛이 뻗어 나오고 있었다. 급한 마음에 일기예보도 못 보셨나요. 급한 걸음에 우산을 잃어버린지도 모르셨나요. 무게가 줄지 못한 수레를 끌며 할머니가 마음속에 써내려 갈 글은, 이미 겨울비에 젖어 버렸다. 나는 내가 쓴 글을 우산으로 가린 채 황망히 할머니를 지나쳤다. 우산을 쓰고 있는데 우산을 두고 온 것만 같았다. 귓속으로 어떤 노래도 들리지 않았다.

# 얼어 버리지도 못한 눈물로

울릉도는 눈이 오면 왔지 여간해선 겨울에 비가
내리진 않습니다. 그래서 겨울비가 오는 날은 꽤
특별한 하루였죠. 평소와 다른 분위기가 느껴지는
날이면 그것을 바탕 삼아 시를 구상하기 좋아서,
겨울비에 대해 이리저리 생각을 굴려 보게 되었어요.

그때, [에세이]에 썼듯, 휴가 때 올림픽공원역 앞에서
겪은 일이 떠올랐습니다. 내가 느끼는 세상과 타인이
느끼는 세상이 완전히 다를 수 있음을 깨달은
경험이었죠. 나만 생각하며 살아온 건 아닐까,
1인칭으로 좁게만 보느라 중요한 무언가를 놓치고
있던 건 아닐까 하며 이내 깊은 생각에 잠겼어요.

더불어 저의 반성을 담아낼 시적 상황을
연상했습니다 ― 비가 내릴 때 우산이 꼭 필요하듯
인생의 소중한 가치들은 한 사람에게 우산과 같다.
그것들을 놓친 채 살아온 것은 '우산을 잃어버린' 일과
같다. 잃어버린 우산을 뒤늦게 찾아다니는 사람,
이렇게 제 자신과 닮은 화자를 만들어 냈습니다.

사랑, 배려, 공감 등 인생의 소중한 가치들은 참
많은데요. 그중 부모의 사랑을 소재로 삼아 화자의
시적 상황을 구체화했어요. 누구나 직감적으로 느낄
수 있는 마음이면서, 동시에 언제나 뒤늦게 깨닫고
마는 마음이니까요. 그 뒤늦음을 부각하고 싶어
나이가 점점 들면서 달라지는 화자의 모습을
담았고요.

끝으로 우산을 잃어버린 화자의 마음을 응축할 한
줄을 고민했어요. 눈 오는 날이 오히려 포근하고,
겨울비가 내릴 때는 더 춥고 움츠러들잖아요. 그래서
생각했어요 ― 눈이 되지 못한 겨울비는 더 차갑고
슬픈 '눈물'이다. 이렇게 겨울비와 눈물을 동일시하여
시의 애잔한 감성을 매듭지었습니다.

# 음악처럼 비처럼

동료들은 침대에 눈을 붙이러 2층 내무반으로 올라간 뒤였다. 보슬비까지 내려 달콤한 낮잠에 들기 좋은 날이었지만, 나는 언제나처럼 1층 휴게실로 향했다. 잠 대신 달콤한 음악에 빠져드는 혼자만의 점심 휴식 시간. 시디 플레이어의 칠이 까진 재생 버튼을 누르고는 푹 꺼진 레자 소파에 기대 누웠다.

휴게실에는 몇 가지 운동 기구와 함께 노래방 기계가 있었다. 반갑게도 시디 플레이어까지 겸하는 구시대(?) 기계였기에 나는 휴가 때 시디를 가지고 온 터였다. 치지직 치직…… 빗소리 같은 노이즈가 아무도 없는 공간에 스몄다. 이어서 시작을 알리는 기타 소리가 흘러나왔다. 《2012 월간 윤종신》의 첫 번째 트랙, 장재인의 〈느낌Good〉.

긴장했던 오전의 마음을 노래 위에 편히 누이고 나도 눈을 감았다. … 왠지 이번엔 느낌 Good … 매번 같은 시디만 들어서인지 이어지는 다음 트랙의 전주가 마음속에서 먼저 재생되었다. 어느새 시간은 음악처럼 흘러, 다섯 번째 트랙 박정현의 〈도착〉이 막 시작되고 있었다. 나는 잠시 눈을 떴다. 보이는 맞은편 창문에서 빗방울이 똑똑똑 수줍게 노크하고 있었다. 맞아, 비가 오고 있었지.

나는 몸을 일으켜 창문을 활짝 열었다. 빗소리가 고맙다는 듯 실내로 살갑게 쏟아졌다. 빗소리와 음악 소리는 완전히 다른 소리였지만, 서로 화음을 이뤄 공간을 가득 채웠다. 나는 다시 소파에 앉아 눈을 감았다. … 어디든 가겠지 저 멀리 저 멀리 … 어느새 나는 비처럼 흘러, 마지막 트랙을 향해 조금씩 스며들어 갔다. 단꿈이었다.

〈느낌Good〉　〈도착〉

# 비처럼 갈래요

울릉도는 일 년 동안 강수량이 일정한 해양성 기후에
속합니다. 저도 모르게 비와 자주 만나다 보니
[에세이]에 쓴 하루처럼 비와 얽힌 아름다운 추억들을
여럿 간직하게 됐어요. 그래서 제 시에 비가 많이
등장하나 봐요.

이 시도 비를 보다가 무심코 떠오른 생각에서
탄생했어요. 비가 하늘에서 오네. 그렇게 와서 또
땅에게로 가네. 그런데 곱씹어 볼수록 이 단순한
사실에 감동이 숨어 있던 거예요. 비는 한 번도 이를
어긴 적이 없다는 점, 빗방울은 언제나 비답게 살다
간다는 점 말이죠.

이 느낌 그대로 글자로 옮겨 적고 나니 질문이
샘솟았어요. 왜 나는 여기에 감동을 느꼈던 걸까?
그건 제가 비를 닮고 싶어서였어요. 비처럼 살고
싶어서, 빗방울이 비로 왔다 비로 가는 게
자연스럽듯이, 사람으로 태어난 나도 끝까지
사람됨을 잃지 않고 싶어서. 그래서 "비처럼
갈래요"라고 썼습니다.

시가 너무 짧아서 뒤를 더 채우고 싶은 충동(!)이
일었는데요. "비처럼 갈래요"를 읽는이마다 다르게
받아들일 수 있겠단 생각에 그대로 끝맺었습니다.
이렇게 나 자신을 간결하게, 또 새롭게 설명할 수
있는 표현을 얻어서 기쁩니다. 비처럼 왔으니 비처럼
가고 싶은 사람이라고 말이죠.

# 계절의 문턱

환절기가 되면 꼭 앓는다. 계절과 계절을 잇는 문에는 문턱이 있어서, 그다음 계절로 무심코 넘어가려다 발끝이 툭 하고 걸려 넘어진다. 목이 따갑고 코끝이 간질거리고 미열에 들떠 어느 계절로도 내딛지 못한 채 며칠을 서성거린다. 가을과 겨울, 겨울과 봄 사이는 문턱이 더 높은지 나는 몸살을 아주 앓는다.

계절은 늘 낯설었다. 울릉도에서 가을과 겨울을 두 번씩 드나들었을 때도 그것들을 똑같은 단어로 명명할 수 없었다. 나뭇잎이 물드는 농도, 바다가 파도치는 각도, 햇살이 차가워지는 속도 등 어느 것도 지난해와 같지 않았으니까. 매번 새로운 계절이 오는 대신 지나간 계절은 다시 돌아오지 못했다. 계절이 순환한다는 것은 사람 마음속의 일이었을 뿐, 계절은 언제나 결별*이었다. 문턱을 넘으면 문은 이내 닫혔다.

> * 기약 없는 이별을 함. 또는 그런 이별.

그러나 끝없는 헤어짐이 아니었다면 나무들이 무수한 문장을 써내려 가지도, 하늘이 똘똘 뭉쳐진 눈물을 흘리지도 않았으리라. 가을에 떨어진 낙엽들은 한겨울에도 언 채로 남아 있고, 해가 들지 않는 산기슭에는 새봄에도 함박눈이 남아 있다. 떠난 이가 남긴 편지들. 내가 걸려 넘어진 것은 문턱이 아니라 문 앞에 수북히 쌓인 이 편지들이었을까. 나는 한 움큼 몰래 주워 잠 못 들게 읽어 보았다.

그러다 보면 눈이 녹은 땅 위에 새싹이 올라오고 낙엽을 떨군 가지에 새잎이 나기 시작한다. 헤어짐은 헤어짐대로 남겨 둔 채 새로운 계절이 서서히 열린다. 한 번도 만나 본 적 없는, 한 번도 이름을 가져 본 적 없는 신생의 계절이. 문턱에 걸려 넘어진 몸을 일으켜, 새로운 결별을 향해 한 걸음 한 걸음 성실히 걸어가기로 한다. 계절의 편지들을 가슴속에 꼭 품은 채로.

# 얼렸다 그리고 쌓았다

여름의 끝자락에 울릉도로 들어와 다음다음 해 초봄에 전역해 육지로 돌아갔습니다. 가을과 겨울은 제가 울릉도에서 온전히 두 번을 난 계절이었고, 그러다 보니 시를 쓰던 많은 시간이 가을과 겨울 속에 이루어졌어요.

이 시는 순전히 두 계절에 대한 상념에서 비롯되었습니다. 가을과 겨울은 붙어 있지만, 사실 서로 만나지 못하는 것은 아닐까 하고요. 이 이야기를 그냥 펼쳐 보고 싶었어요. 더불어 그들의 이야기인 만큼 그들이 직접 말하고 감정을 표현할 수 있도록, 계절을 의인화하는 방식을 써 보기로 했습니다.

가을과 겨울이라면 서로에게 편지를 남겼을 거라 생각했어요. 이때 그들은 무엇을 편지로 썼을까 상상하며 그들의 풍경을 떠올려 봤습니다. 먼저 가을에겐 '낙엽'이 편지지겠다는 직감이 들었어요. 무수히 떨어져 쌓여, 그다음 계절인 겨울에까지 남아 있으니까요. 그렇게 가을은 편지를 남기고 쓸쓸히 떠납니다.

겨울의 입장은 가을과 전혀 달랐어요. 가을보다 겨울이 먼저 온 적은 단 한 번도 없기 때문이죠. 겨울은 가을의 편지를 읽을 수 있지만, 겨울의 편지는 봄과 여름을 지나며 모두 녹아 버려서 결코 가을에게 닿지 못하는 겁니다. 그래서 겨울은 서러운 눈물을 내내 흘리는구나, 그리고 녹을 줄 알면서도 기어코 그 위에 편지를 써 꽁꽁 얼려 놓는구나 싶었어요.

가을보다 겨울이 상대를 더 사랑했나 봐요. 이 '얼리고 쌓는' 마음을 봄의 새싹이 꼭 알아 줬으면 하는 바람으로 시를 끝맺었습니다. 제가 쓴 시 중 비교적 추상적인 시에 속해요. 조금 뜬구름 같고 아리송하지만, 곱씹어 보면 뭔가 있을 것 같은 느낌. 이것도 시의 매력임을 이번 시를 쓰며 배웠습니다.

# 설국의 불청객

야간 당직병이 다급히 기상을 알렸다. 겨우 뜬 눈으로 읽은 손목시계의 숫자는 6이 아닌 4였고, 겨울의 조기 기상은 한 가지 이유뿐이었다. 당장 치우지 않으면 안 될 만큼 눈이 쌓였다는 것. 두꺼운 방한장갑과 귀도리를 부리나케 챙기고, 아직 물방울이 맺혀 있는 눈삽과 눈밀대를 양손에 집었다. 정문을 빠져나오자 설국이었다. 아름다운 설국 말고, 공포스러운 설국. 어제 치운 만큼 눈이 그대로 쌓여 있었다.

하품과 한숨이 연신 쏟아져 나왔지만 기계적으로 임무를 수행했다. 우선 밀대로 원호를 그리며 가장자리로 눈을 쓸어 모은다. 모은 눈이 그대로 얼기 전에 눈삽으로 퍼서 바깥에 버린다. 지우개 똥처럼 남는 눈들도 중간중간 치운다. 밀고 퍼고 밀고 퍼는 반복된 작업에 허리가 저렸고, 바닥의 한기에 발끝이 시렸다. 이 추운 지겨움을 조금이라도 따끈히 녹이고파 나는 동심의 추억을 마음에 쥐고 흔들었다.

어릴 적 살던 창원은 겨울에도 기온이 영상이어서 눈이 와도 곧장 녹아 버렸다. 그러다 일곱 살 인생 처음으로 거리에 눈이 한가득 쌓인 날이었다. 나는 기상하자마자 친구의 집에 전화를 걸었고, 너무 신난 나머지 엘리베이터에서 만난 이름 모를 동생까지 데리고 나갔다. 우리는 아파트 단지 야외 주차장에서 장장 4시간 동안이나 눈을 가지고 놀았다. 눈 한 톨 한 톨이 너무나 소중해서 웃음이 펑펑 내렸다.

엄마들이 베란다에서 불러서야 우리는 흥건히 젖은 신발과 얼굴로 집에 돌아갔다. 처음 초대받았던 눈의 나라는 환상적인 동화 속이었는데, 이제는 눈이 내리면 환상보다 한숨이 먼저인 어른이 된 것만 같아 나는 멋쩍고 서글퍼졌다. 웃음의 주인공이던 아이는 어느덧 설국의 불청객으로 남아 눈을 멀리멀리 던져 내었다. 제설을 끝내고 부리나케 눈 없는 건물 안으로 들어갔다. 몇 개 남지 않은 동심을 만지작거리며.

# 웃음을 달아 주었습니다

울릉도에서 지긋지긋하게 눈을 봤고, 신물 나게 눈을
치웠습니다. 눈금자를 눈 속에 푹 찍어 대강 쟀을
뿐인데도 겨우내 내린 적설량이 365cm에 달했어요.
하루에 최소 두 번은 제설해야 했던 셈이죠.

군대에서 눈은 하늘에서 내리는 쓰레기라는 말처럼
저에게도 눈은 장애물이자 방해 요소였어요. 더욱이
일상이 반복될수록 저는 점점 무감각해졌고요.
그렇게 여느 때처럼 눈을 치우는데 정말 불현듯 어릴
적 추억이 떠올랐고, 저는 그 추억을 꼭 붙들고서
시심 앞으로 나아갔습니다.

[에세이]에 썼듯 저의 어릴 적 고향은 눈이 귀했어요.
그래서 유년 시절의 저에게 눈은 기쁨, 즐거움,
설렘의 대명사와 같았죠. 행복한 감정의 집합체였던
눈이었는데 이제는 어떤 감정도 느끼려 하지 않다니,
저는 스스로에게 물었습니다. 너의 마음 정말
안녕하니? 저 자신에게 건넨 이 안부 인사를 시의
시작으로 삼았습니다.

이어서 눈을 대하는 어른과 아이의 상반된 태도를
시를 전개하는 두 개의 축으로 삼았는데요. 이러한
대립 속에서 눈사람이 지닌 시적인 의미를 발견할 수
있었어요. 어른의 관점에서는 고통과 시련일 뿐인
눈으로 꽉꽉 채워져 있는 존재가 눈사람이잖아요.
무엇보다 아이들이 만든 눈사람 중 웃지 않는
눈사람을 본 적이 없으니까요. 웃음을 머금은 평범한
눈사람의 모습이, 조금 커서 돌이켜 보니 얼마나
감동적으로 다가왔는지요.

시를 마치면서 저를 비롯한 한 사람 한 사람 모두가
눈사람이구나 생각했어요. 아픔을 이겨 낼 수 있는
희망의 힘이, 태어날 때부터 이미 우리 안에 응집되어
있다는 믿음에서요. 세상살이의 추위에 무표정해질
때면, 눈사람의 하얀 웃음을 되새겨 보려 합니다.

# 그리움이 상하지 않게

오랜만에 부대원들과 반나절 휴식을 받은 날,
인솔하는 간부님의 차를 타고 가까운 앞바다로 놀러
나갔다. 바닷가는 모래 대신 현무암의 검은 돌들이
섬세한 파도에 다듬어져 윤기가 흘렀고, 하얀 물결은
비취색 청자 표면에 새긴 상감 무늬처럼 고왔다.

바닷물이 차갑지도 않은지 몇몇은 거침없이 물속으로
들어갔다. 물을 무서워하는 나는 돌 위에 앉아 동해
바다를 끝없이 바라보았다. 정말로 끝이 없는 바다는
결코 건널 수 없는 푸른 벽 같았다. 바다 너머가
보이지 않았지만, 나는 바다 너머에 두고 온 모든
것들이 문득 그리워졌다.

바람이 조금씩 강하게 불었다. 파도는 돌에 더 세게
부딪히며 더 많은 물보라를 만들어 냈고, 부숴지며
가벼워진 물 알갱이들은 바람을 타고 파도처럼
얼굴에 부딪혔다. 텁텁한 소금기. 바닷바람이 콧속에
쌓여 갈수록 짠 내가 넓어졌다. 바닷바람을 입속에
머금을수록 짠맛이 깊어졌다. 바다에서 오는 것들은
왜 짤까.

혹시 바다 너머의 그리운 것들이 상할까 봐 소금에
절여 놓기 때문은 아닐까. 수많은 사람들이 자신만의
그리움을 간직하려 하기에 저 넓은 바다가 일정한
염도를 유지하는 게 아닐까. 자유로이 헤엄치는
저들에게 바다 너머 무엇을 두고 왔는지 묻고
싶었지만, 바다는 말없이 말했다. 마음이 숙성되려면
아무도 들추지 않는 오래된 시간이 필요하다고.

고개를 끄덕이며 나 또한 나만의 그리움을 저 넓고
푸른 독 속에 담궜다. 육지에 두고 온, 아직은 오래지
않은 내 지난날의 청춘에는 소금을 듬뿍 뿌렸다.
언젠가 육지로 돌아가는 날까지 내 그리움들이
맛있게 간이 배어 있기를. 그때까지 상하지 않고
편안히 숨 쉬고 있기를. 나는 숨을 크게 들이쉬고서
바닷바람을 입속에 오래 머금었다.

# 바람이 싱거웁다

울릉도에서 생활하면 바다를 매일 마주칠 수밖에
없습니다. 그 바다를 가만히 바라보면 설렘, 두려움,
기쁨, 무서움 등 여러 감정들이 복합적으로
출렁였는데, 제 마음속은 그중 그리움의 농도가 가장
짙었던 듯해요. 그저 무작정 그리워하게 되는 마음.
이 마음을 시로 붙잡아 두고 싶었어요.

그리움이란 추상적인 감정을 어떻게 감각적으로
표현할 것이냐가 첫 번째 관건이었어요. 이건 크게
어렵지 않았습니다. 제가 느꼈던 그대로 바닷물과
바닷바람의 짠맛, 즉 미각을 부여하면 됐으니까요.
제가 느꼈던 바로 그대로.

그런데 그저 짜다고만 하면 재미가 없으니, 어떨 때
음식에서 짠맛이 강하게 나는지 생각했습니다.
무언가를 절여서 먹을 때였어요. 그래서 '절이다',
'무치다'와 같은 표현을 사용해서 미각의 형태를 좀 더
실감 나게 묘사하고자 했습니다.

두 번째 관건은 그리움에 부여한 감각을 어떻게
시적으로 극대화하느냐였어요. 여기서 저는 대비의
방식을 퍼뜩 떠올렸습니다. 너무나 그리워서 그만큼
짠맛이 강렬하다면, 원래 짜다고 느꼈던 것들은
얼마나 '싱겁게' 느껴질까? 그런데 싱겁다고 하면
낱말 그대로 정말 싱거워지니, "싱거웁다"로 말을
늘려서 보다 낯설게 만들었습니다.

그렇게 네 줄을 쓰고 나니 더 이상 말을 덧붙일 필요가
없겠다는 미묘한 확신이 들었습니다. 짧아서
외우기도 쉬운 이 시를 이따금씩 속으로 외면, 여전히
혀끝에서 짠맛이 느껴지곤 해요. 제가 가장 애정하는
시 중 하나입니다.

# 달조차 따끔한 날

침대 위에 A4 이면지 한 장을 올려놓고서 손톱을 깎았다. 종이 밖으로 튀지 않게끔 어깨를 잔뜩 웅크리고는, 초승달처럼 모난 곳 없게 한 손가락씩 정성을 쏟았다. 손톱을 깎는 일만이라도 내가 원하는 대로 이뤄지길 바랐던 걸까. 하지만 아무리 조심한들 꺼끌꺼끌한 국방색 모포에는 튄 손톱이 꼭 한두 개씩 달라붙은 채 남아 있었고, 그 하얀 부스러기에 꼭 한 번씩 손바닥이 찔리곤 했다.

그랬다. 여느 날에는 아무 생각 없이 침대를 정리하고는 그저 잠에 들었지만서도, 어느 날에는 불쑥 맞닥뜨린 작은 손톱 하나, 사소한 고통 하나에도 속절없이 무너졌다. 마음속에 질서 없이 혼합되어 있던 이름 모를 감정들이, 행여 터져나올까 꾹꾹 눌러서 모질게 압축되어 있던 감정들이 그 작은 상처를 비집고 나와 왈칵 쏟아질 것만 같았다. 뒤죽박죽인 마음속에서 따끔함만이 또렷했다.

손톱만큼의 조그만 아픔에도 견디기 힘든 날이면 취침 전 담배 피러 가는 동료들을 따라 바람을 쐬러 나갔다. 울릉도의 맑은 밤하늘은 달의 가장자리까지 아주 뚜렷이 보였다. 손톱달은 선명하다 못해 그 끝이 날카로웠고, 밤하늘은 모포보다 더 꺼끌꺼끌한지 아무리 손으로 쓸어내려도 손톱달은 꿈쩍하지 않았다. 바랄 수 없는 것들을 바랄 수는 없는 걸까. 손톱이 자라지 않을 수 없는 것처럼. 저 달을 결코 치울 수 없는 것처럼.

내가 할 수 있는 일은 언젠가 차오를 달의 시간만큼 담담한 척 견뎌 내는 일뿐이었다. 차오를 달이 다시금 따가운 손톱달이 된다는 것쯤은 잘 알고 있음에도. 침대에 누워 눈을 감았지만, 치워지지 않은 달 때문인지 눈시울이 따끔거렸다. 나는 모포를 머리 끝까지 덮은 채, 조금은 웅크린 채 잠에 들었다.

# 눈에 밟혀 따끔거렸지만

수없이 많은 고민과 불안이 마음속에 혼재되어 있던 청춘의 시기, 군생활은 끝이 보이지 않고 바다 한가운데의 깊은 섬에 갇힌 것만 같은 기분이 들 때면 속에 든 감정들이 자글자글 들끓곤 했습니다. 손톱달에 투영했던 그 감정들을 시를 쓰면서 스스로 추스리고 싶었어요.

현실에서 달을 감각하는 방식은 시각뿐이지만, '손톱 같은' 달을 감각하려면 시각이 아니라 촉각이어야 했어요. 그래서 두 감각을 아우를 표현이 필요했는데 때마침 '눈에 밟히다'라는 관용구가 떠올랐습니다. 익숙한 의미에서 벗어나 일차원적으로 해석하니 그 안에 시적인 의미가 숨어 있었어요.

이 표현에는 원하던 대로 시각(눈으로 보다)과 촉각(발로 밟다)이 어우러져 있었습니다. 나아가 이 표현이라면 실제 닿을 수 없는 물체(하늘의 달)를 직접 느낄 수 있는 것처럼 묘사할 수 있었어요. 더구나 관용적으로 무언가 자꾸 신경이 쓰이는 상황을 가리키기도 하니 이 시의 정서인 답답함, 불안함과도 잘 맞닿아 있었습니다.

마지막으로 바로 그 답답함과 불안함을 담아낼 수 있는 감각어는 무엇일까 고민했어요. 예상치 못한 순간에 느닷없이 느껴지는 아픔. 생각하기 싫어도 불현듯 콕 하고 파고드는 고통. 치우는 걸 깜빡한 손톱 부스러기에 찔린 것처럼 짜증나는 그것. 따끔거림. 많이 따끔거렸던 거구나, 하고 그렇게 제 마음의 상태를 정의 내릴 수 있었습니다.

지금도 손톱달을 볼 때면 시를 썼던 당시의 감정이 선명히 떠오릅니다. 하지만 이 시를 썼기에 보다 더 마음이 담담해지고 단단해질 수 있었습니다. 그때는 따갑게만 느껴졌던 감정들이, 조금 먼 시간이 흐르고 나면 정말로 무뎌질 수 있는 것들임을 알게 되어서요. 이제 조금은, 조금은 어른이 된 걸까요.

# 가벼운 사람

화창한 주말, 땀이 잘 마르는 기능성 반팔을 챙겨
입고 토씨를 팔꿈치 위까지 바짝 끌어올렸다.
울릉도에서 오래 지낸 간부님을 따라 성인봉으로
등산하는 날. 산행에 익숙하지 않은 나는 조금
긴장한 마음으로 길의 초입에 들어섰다. 풍광을
감상하기는커녕 헛디딜까 발밑만 쳐다봤는데, 산길
이곳저곳에 황갈색 돌들이 널려 있었다.

가까이서 보니 돌에 크고 작은 구멍들이 나 있었다.
화산섬에서만 만날 수 있는 부석이었다. 짙은
황갈색이 은은하니 맘에 들어 그중 하나를 집어
들었다. 주먹만 한 크기라 나름 무겁겠거니 했는데,
중력이 구멍으로 모조리 새어 나간 듯 낯설게
가벼웠다. 돌인데 돌 같지 않은 돌이었다. 나는 그
가벼움이 왜인지 낯익어서 그 돌을 꼭 쥐고 산을
올랐다.

한 시간 반 정도 꼬박 오르니 정상에 닿았다.
정상비에 쓰인 한자를 읽으며 간부님은 이곳에 백 번
오르면 성인(聖人)이 될 수 있다고 말했다. 그 전에
사람(人)부터 되려면 이 산을 몇 번 올라야 하나요. 제
몸에 난 구멍들을 얼마나 더 메우면 사람다운 사람이
될 수 있을까요. 손에 쥐고 있던 부석은 이미
잃어버리고 없었다. 나는 질문을 속으로 삼킨 채
말없이 주변을 내려다보았다.

탁 트인 풍광 너머 물의 알갱이들이 빼곡히
푸르렀는데, 문득 이 섬도 부석인가 싶었다.
은하수를 여행하던 자가 변방의 행성에 모르고 떨군
돌처럼 울릉도는 가벼워 보였다. 이 섬도 자신의
깊이가 궁금할까. 마음의 바다 밑으로 가라앉고
싶어서, 그렇게 무거워지고 싶어서 수많은 나무를
키우고 생명들을 기르는 걸까. 내려가는 길, 나는
잃어버린 돌을 찾아보려 했지만 찾을 수 없었다. 몇
번이나 발을 헛딛고 말았다.

# 맘 위에 뜰 만큼

군생활은 밖도 자유롭게 나가지 못하니 일면 답답할 수밖에 없었어요. 그래서 주말이면 가끔씩 간부님이 울릉도 여행 겸 데리고 나가곤 했습니다. 성인봉을 처음 등산해 본 것도 이때였죠. 그리고 그날 부석을 집어 들고 느꼈던 감각이 시상으로 이어졌어요.

돌을 보면 그에 걸맞은 무거움을 대략 예상할 수 있는데요. [에세이]에 썼듯 부석은 예상을 깨고 너무나 가벼웠으며, 저는 이 '가벼움'을 가지고 나 자신에 대한 성찰로 나아가 보기로 했어요. 시의 전반부에는 돌의 가벼움을, 후반부에는 나 자신의 가벼움을 말함으로써 물리적 속성을 자아의 속성으로 전이하는 것으로요.

그렇다면 돌과 나를 어떻게 동일시할 수 있을까 고민했어요. 부석은 '물에 뜰 정도로' 가볍다는 뜻이니, 물을 연결 고리로 삼자 생각했어요. 그러자 속담 하나가 떠올랐습니다. 열 길 물속은 알아도 한 길 사람 속은 모른다. 왜 한 길 사람 속을 ― 왜 내 마음속을 내가 잘 모르는 걸까. "맘 위에 뜰 만큼" 충분히 무겁지 못해서. 부석처럼 가벼운 사람이라서.

그렇게 쓰다 보니 지금의 1, 2연과 4, 5연이 먼저 나왔는데요. 이 둘을 자연스럽게 이어 줄 연 하나가 더 필요하다고 느꼈어요. 깨달음의 순간을 담을 부분이요. 그때 명나라 문인의 시 「뒤에야」가 떠올랐어요. 뒤늦은 깨달음을 표현한 시로, 이번 제 시와 시상이 맞닿아 있거든요. 그 시의 핵심 구절인 "~한 뒤에야"를 빌려서 3연까지 완성했습니다.

삶에 대한 성찰의 깊이가 부족했던 제 자신을 부석에 빗대어 돌아볼 수 있었습니다. 부족함을 깨닫는 건 부끄럽고 가슴 아픈 일이지만, 그래도 이런 마음들이 모이고 쌓여 좀 더 나은 사람으로 나아가는 듯해요. 울릉도에 가면 그날 잃어버린 돌을 다시 찾아보고 싶네요. 그땐 조금 더 무거운 사람이 되어 있을까요?

# 바람이 불어오는 마음

관광객을 가득 채운 아담한 모노레일이 움직였다. 출발할 때 들렸던 등산객 아저씨들의 설렘 섞인 농담은 급경사로 접어드는 레일 소리에 서서히 옅어졌다. 모노레일이 툭 멈춰 버릴 듯 삐그덕대서인지 아니면 대풍감의 비경을 볼 기대 때문인지 사람들의 표정은 꽤나 들떠 있었다. 유리창 너머 방파제들이 이내 장난감처럼 작아져 갔다.

모노레일에서 내린 뒤 바람이 불어오는 곳을 따라 산길을 올랐다. 그 끝에 다다른 순간, 아스라한 시야가 불현듯 펼쳐졌다. 깎아지른 절벽 아래서부터 수평선 끝까지 푸른 물 알갱이들이 빈틈없이 반짝였고, 그보다 먼 어딘가로부터 바람 알갱이들이 들불처럼 번져 왔다. 바다를 부어도 꺼지지 않는, 오히려 바다 냄새를 머금은 미지의 불길이었다.

대풍감의 바람은 거셌으나 그 무엇도 해치지 않고 품었다. 바람이 바닷물에 닿아 물결의 리듬을 만들었고, 새와 구름을 안아 하늘로 띄워 보냈다. 바람을 만난 풀과 벌레는 마음껏 춤췄고, 바람을 맞이한 사람들은 가만히 미소를 띄웠다. 이 드넓은 공간이 바람으로 가득 차 있다는 사실이 믿기지 않아 나는 숨을 크게 들이쉬었다. 아주 오래전부터 이 섬의 풍경을 길러 낸 불꽃이 마음속에 옮겨 붙었다.

대풍감은 낡은 배를 타고 울릉도에 들어와, 새 배를 만든 뒤 육지로 돌아갈 바람을 기다리는 곳이었다. 그들은 어떤 바람을 품고서 수평선 너머의 삶을 꿈꿨을까. 그들의 마음속엔 어떤 소망의 불씨가 타오르고 있었을까. 그들이 기다렸던 바람이 지금 내 귀를 스치며 무언가 말해 주는 듯싶었다. 나는 또 한 번 숨을 들이쉬었다. 내 마음속 꺼져 있던 무언가가 다시 살아나고 있었다.

# 꺼져 있는 바람들까지

울릉도에서 군생활하며 좋았던 점은 기회가 닿을 때마다 이 섬의 명소들을 손쉽게 관광할 수 있었다는 거예요. 대풍감의 풍경은 이름난 명소들 중에서도 압권이었고, 그곳에서 청량한 바람을 맞고 와서는 시 한 편 쓰지 않을 수 없었죠.

그런데 이 시의 시상은 대풍감이 아니라 훨씬 이전에 어느 여름날 한강에서 떠올렸던 것입니다. 햇살이 한강에 반짝이고 갈대와 풀들 사이를 작은 나비가 날아다니는 장면이 유독 가슴에 꽂혔던. 풀들이 햇살 아래 하늘하늘 흔들리는 모습이 꼭 바람이 나비처럼, 나아가 불씨가 번지는 것처럼 느껴졌습니다.

그때는 시를 쓸 거라곤 생각도 못 하고 그냥 넘어갔는데, 대풍감에서 그날과 똑 닮은 장면을 만나는 순간 잊고 있던 시상이 생생히 떠올랐어요. 이에 한강과 대풍감에서 맞은 바람의 느낌을 시로 담아내고 싶었고, 바람을 불씨로 비유한 점을 활용해서 바람이 '내 눈과 귀에도 번졌다'고 표현했습니다.

바람이 눈과 귀에 번졌으니, 이제 외면의 자연에서 비롯된 내면의 변화에 대해 이야기할 차례인데요. '바라다'의 명사형도 똑같이 '바람'이라고 쓴다는 점에 착안했어요. 일상 속에서 묻고 살았던 어떤 꿈들, 소망들 — 바로 그러한 '바람들'이 이 맑고 깨끗한 바람에 다시 일깨워진다고요. 꺼진 줄 알았던 불씨가 바람이 불면 다시 타오르듯이.

한강의 바람도 대풍감의 바람도 한순간의 좋았던 느낌으로 휘발될 수 있었지만, 시 덕분에 그날의 감성이 여전히 은은하게 남아 있습니다. 마음의 불씨가 꺼지지 않게 잘 살리는 일. 시는 그중에서도 가장 압축적인 형태의 기록물이지 않을까 합니다.

# 되돌아가는 잎

동해바다에 숙성된 붉은 잎들이 흐드러지게
떨어졌다. 밤사이 바닷바람에 가을이 밀물로 왔다
썰물로 나가는지, 아침이면 낙엽들이 소금기처럼
남아 울릉도 햇살에 반짝였다. 가을 아침 일과는
어김없이 초록색 플라스틱 빗자루를 챙겨 드는 일로
시작했다. 여름 제초 작업과 달리 햇살도 따갑지 않고
허리도 굽히지 않는, 한결 맘이 편한 낙엽 청소 시간.

건물 뒤편부터 입구까지 2인 1조로 나눠 일제히
낙엽을 쓸어 모았다. 일정한 리듬에 맞춰 빗자루를
움직이다 보면 다채로운 소리들이 공기를 가득
메웠다. 쓰윽쓰윽 빗자루 끝이 시멘트 바닥에 닿는
소리, 사락사락 낙엽 끝이 땅바닥에 긁히는 소리,
부스럭부스럭 낙엽들이 한데 비벼지는 소리……
가만 들으면 파도가 치는 것 같기도, 품 속에
파고드는 것 같기도 해 괜스레 편안했다.

소리처럼 수북해진 낙엽들을 주황색 쓰레받기에 담아
흙이 있는 땅에 보내 주었다. 십수 번 넘게 반복해야
할 만큼 하루새 떨어진 낙엽들이 꽤 많았다. 그럼에도
그들은 슬퍼 보이지 않았다. 사람이 만든 이름과
달리, 그들은 떨어지는 것이 아니라 되돌아가고
있다는 생각이 들었다. 과거의 색을 벗어던지고
불꽃처럼 자유롭게, 자신의 근원을 알고서 성숙해져
가는 존재들.

나는 그들의 길을 깨끗이 쓸며 넌지시 나의 길도 쓸어
보았다. 나는 낙엽처럼 성숙의 길을 가고 있을까.
낙엽처럼 어디에서 왔고 어디로 가야 하는지
자연스럽게 아는 사람이 될 수 있을까. 땅으로
되돌아가는 잎들을 마주하며 문득, 그리워할 줄 아는
사람이 되어야겠다고 생각했다. 빗자루 사이사이에
묻은 낙엽들까지 톡톡 털어 낸 뒤 청소 도구를
정리했다. 가을이 다시금 밀물로 차오르고 있었다.

# 심장 박동의 울림이더라

부끄럽게도, 입대 전까지 낙엽을 직접 청소해 본 적이 없었어요. 그런데 군생활 동안에는 지금껏 누군가 대신 해 준 일상의 노동을 제 손으로 직접 해야 했습니다. 때 되면 낙엽을 쓰는 일도 마찬가지였죠.

낙엽을 몸소 맞닥뜨리니 자연스레 그것에 대한 사색으로 이어졌는데요. 때마침 대학 신입생 때 카톡 프로필 메시지로 썼던 내용도 떠올랐어요. 낙엽을 보고 꼭 땅에 안기는 것 같다고 썼었죠. (뒤늦은 낯가지러움과 함께) 낙엽은 '떨어지는' 것이라는 상식을 뒤집는 발상이 맘에 들어서 곧바로 시의 첫 행으로 삼았습니다.

스무 살의 그 감성을 좀 더 구체화해 보기로 했어요. 낙엽은 왜 땅에 안기는 걸까, 어떤 형태의 안김이면 보다 애틋할까. …… 아이가 엄마 품에 안기는 것, 세상 밖을 신나게 뛰어논 뒤 가장 아늑하고 따스한 곳으로 되돌아가는 것. 땅은 흔히 모성으로 상징되어도, 낙엽을 아이로 비유하는 것은 새로웠죠.

시상을 조금 더 밀고 나아갔어요. 그렇게 품에 안길 때 어떤 감각이 가장 감동적일까. …… 품에 꼭 안기면 반드시 느껴지는 그것, 바로 '심장 소리'였어요. 더구나 낙엽이 밟히고 서로 비벼지는 소리도 심장 소리처럼 들릴 수 있고요. 이렇게 생명의 근원적 감각과 연결 지으니 낙엽 지는 풍경은 더 이상 애수가 깃든 쓸쓸한 풍경이 아니라, 생명력이 깃든 따뜻한 풍경이 되었습니다.

앞으로도 이 시가 함께하는 가을이면 낙엽을 그냥 지나치지 못할 거예요. 이제 낙엽은 단순히 감상하는 대상이 아니라 사유를 이끄는 또 다른 길이니까요. 이 시 덕분에 저는 새로운 가을을 얻었습니다.

# 「투명사회」를 읽고서

우리가 누군가를 신뢰한다고 할 때, 그 믿음이란
상대방에 대해 모든 것을 알고 있음을 의미하지
않는다. 오히려 상대방에 대해 잘 모르는 것을
배려하고 존중함을 의미한다. 한 인간의 내면에는
타인은 결코 알 수 없는, 어쩌면 자기 자신조차
가닿을 수 없는 불투명한 공간이 있다. 우리는 본디
그 공간의 존재를 서로 믿어 주며 살아간다.

그러나 안타깝게도 우리 사회는 '투명사회'로 빠르게
진입하고 있다. 모든 것이 세상에 공개되어야만 하고,
즉각적으로 전시될 수 있는 것만이 자본주의의
가치를 부여받는다. 그 가치는 '좋아요'의 개수로
결정된다. 그냥 보기 좋은 것, 보자마자 좋아요를
누를 만한 것이 아니라 나와 다른 것, 그래서
생각하고 사유하게 만드는 것은 진지충으로
치부되어 곧바로 사라지고 만다.

투명사회에서는 개인의 모든 활동, 심지어 사적이고
은밀한 이야기마저 디지털 공간에 전시되고 측정
가능한 정보로 치환된다. 디지털 매체는 개인의 신체
및 소비 정보를 실시간으로 수집한다. 더 나아가
개인들은 자신의 사적 정보를 '자발적으로'
업로드한다. 자신을 불투명하게 가린 개인은 의심의
대상이 되고, 투명하게 드러낸 개인은 감시의 대상이
된다. 깨끗함과 친밀함을 약속했던 투명성은
가벼움과 시끄러움으로 돌아온다.

한병철의 『투명사회』를 세 번째 읽고 덮는다. 모든
것이 연결되고 정보화되는 오늘날, 이 책은 되려
신뢰가 무너지는 현대 사회의 위기를 간결하고도
예리하게 통찰한다. 우리의 내면을 비롯한 모든
것들이 '투명'해진다면 우리는 만인이 만인을
감시하는 거대한 불안 속에서 살아야 할 것이다. 빅
데이터가 '빅 브라더'가 되지 않도록 우리는
의식적으로 부단히, 흐려져야 한다.

# 만개하는 꽃으로

제게 울릉도 군생활은 가장 밀도 있는 독서를
경험했던 시기예요. 특히 일과를 끝낸 저녁 시간에
책을 열심히 읽었죠. 그중 『피로사회』라는 얇지만
날이 바짝 선 비평서를 인상 깊게 읽었고, 후속작인
『투명사회』가 당시 출간됐을 때 곧바로 바다 넘어
배송받았습니다.

전작에 이어 이 책도 어마한 지적 충격을 안겨 줬어요.
세 번 읽고도 여운이 가시지 않아, 시를 한번 써
보기로 했습니다. 자연을 통한 깨달음만이 시의
주제는 아니니까요. [에세이]에 썼듯 책은 투명성을
경계하라는 메시지를 던졌는데요. 이 추상적 내용을
어떻게 시로 형상화할지가 관건이었죠.

시는 감각할 수 없는 것을 감각할 수 있게끔 만드니,
시를 쓰려면 책의 메시지와 맞닿은 어떤 감각을
찾아야 했습니다. 책의 메시지를 달리 표현하면
우리가 '불투명'해져야 한다는 것이죠. 불투명함을
보다 직관적인 감각으로 바꾼다면? 김이 서린 듯,
안개 낀 듯 '흐리다.' 바로 이 감각을 시의 바탕으로
삼았어요.

'흐리다'라는 감각은 일상에서 흔히 부정적인 상황과
연결됩니다. 그런데 각자만의 내면에 불투명한
공간이 필요하다 말하는 책의 메시지는 보통의
감각을 뒤집는 발상이었어요. 따라서 시에서도
안개가 짙어 흐린 상황을 긍정적으로 표현해야
했는데, 일상의 감각에 반하는 것이라 묘사하기가
껄끄러웠죠.

이때 저만의 묘수가 '꽃'이었습니다. 한 인간의 내면을
꽃으로 상징하여, 안개 속에서 꽃이 피어나는
상황으로 형상화한 겁니다. 그리고 꽃을 시들시들한
꽃이 아니라 활짝 '만개'하는 꽃으로 묘사해서 앞선
저의 의도까지 충분히 담아냈어요. 한 편의 시로 한
편의 독후감을 써 낸, 색다른 경험이었습니다.

# 별을 읽다

점호를 마친 뒤 나는 겉옷을 한 겹 챙겨 입고 슬그머니
밖으로 나갔다. 오늘은 도저히 바로 누울 수 없었다.
울릉도에 살면서 가장 별이 많이 뜬 날이었으니까.
1층 건물 뒷편도 2층 베란다 옥상도 밤하늘을 한눈에
올려다볼 수 없었다. 나는 최초의 일탈을 감행했다.
업무 외엔 갈 수 없는, 3층 꼭대기 옥상으로.
사다리는 시린데 손끝은 오를수록 따끈해졌다.

두 발을 조심스레 바닥에 딛고서 고개를 들었다.
겨울밤이 수평선 없는 바다처럼 깊었고, 밤하늘이
오징어배가 가득 떠 있는 듯 생기 넘쳤다. 셀 수 없는
별들이 우주에 꽂혀 있었다. 나는 책벌레처럼 빛의
이야기를 하나씩 읽어 나갔는데, 모든 별이
명문장이었다. 그러다 오리온자리에 눈끝이 닿았다.
삼태성*에 고이 접어 놓은 내 어린 날의 한 페이지가
보였다. 나는 눈을 감고 추억을 펼쳤다.

    * 오리온자리 중앙에 줄지어 있는 세 개의 아주 밝은 별.

호미곶의 일출을 보러 가족 여행을 떠났던 밤이었다.
창문 밖 컴컴한 동해에서 파도 소리가 매섭게
들이쳐도 나는 머리를 창문에 바싹 갖다 댔다. 별이
무수한 하늘을 처음 본 날이었으니까. 옆에서 형이
나란히 줄 서 있는 별 세 개를 가리켰다. 저게 바로
오리온자리야. 별들이 그린 이야기를 한 줄 한 줄
읽다 보니 더는 파도 소리가 무섭지 않았다. 나는
눈부신 겨울밤을 베고 곤히 잠들었다.

눈을 떠 바라본 밤하늘은 여전히 눈부셨다. 먼
거리에도 빛을 잃지 않는 별들. 먼 시간에도 힘을 잃지
않는 추억들. 이것들은 모두 그 자리에서 빛나고
있는데 내가 고개를 들지 않은 건 아닐까. 언젠가부터
추억 한 귀퉁이 접지 않은 채 별 같은 하루하루를
마구 쌓아 두기만 한 건 아닐까. 나는 옥상 바닥에
누웠다. 등은 시린데 가슴은 별빛처럼 따스해졌다.
오늘은 밤새도록 별들을 읽다 잠들고 싶었다.

# 밤하늘에 별 하나 놔 드리겠습니다

「진찰」··· 40쪽

울릉도의 별이 수북한 밤들을 만나고 나서야
깨달았습니다. 도시에 살면서는 얼마나 많은 별들을
놓쳐 왔는지요. 지상의 강한 불빛에 가려지고
무관심에 또 한 번 가려졌던 별들 말이에요.

우리가 일상을 바삐 살면서 쉽게 잊어버리는 것들,
지나쳐선 안 되는 하루의 아름답고 소중한 것들에
대해 쓰고 싶었어요. 이것이 마치 병원에 가서
진찰받는, 마음을 건강검진 받는 느낌이 들어서 의사
선생님이 말하는 듯 써 보기로 했습니다.

달은 어떤 별보다 크고 밝을뿐더러 단 하루도 모양이
같지 않습니다. 그럼에도 달이 어느 쪽에 떠 있는지,
심지어 달이 떴는지도 모른 채 하루를 마치곤 해요.
그래서 달의 모양이 마음 건강의 지표가 되겠다
싶었어요. 달이 매일 달라 보이시나요?

만약 달이 잘 안 보인다면 어떤 처방을 내려
줘야겠죠. 몸이 아프면 약을 먹듯이요. 그때 떠오른
처방은 '사람'이었어요. 동료, 친구, 가족 등 우리의
바로 옆에서 매일 떠오르는 달처럼 지켜 주는 사람들.
더욱이 약은 오래되면 못 먹지만, 사람은 나눈 정이
오래될수록 효과가 더 좋을 테니까요.

그런데 약으로도 금방 낫지 않는 지독한 감기일 때는
효과가 곧장 나는 주사를 한 방 놓아 줍니다. 마음의
주사가 있다면, 우주의 별들을 향한 경이감이 가장
효과가 클 거라 생각했어요. 아득히 먼 곳에서 아득한
삶을 사는, 그래서 지금 이 순간 살아 있음에
감사함을 느끼게 해 주는 존재들 말이죠. 도시의
밤하늘처럼 마음이 휑해질 때마다 이 시를 주사기
삼아 울릉도의 별밤을 처방하고 있습니다.

# 버스를 타는 완벽한 수식

그는 둔촌2동주민센터 정류장에서 버스를 기다리고
있었다. 곧 도착한다는, 어떤 여성의 기계적 목소리가
반복될수록 그의 마음은 초조해졌다. 저 신호등에만
걸리지 않아도 제시간에 버스를 탈 수 있을 텐데.
그는 속으로 빨간 신호등을 초록으로 바꾸는 주문을
간절하게 외웠다. 소용없다는 걸 그는 잘 알고
있었음에도.

그는 버스에 가장 먼저 탑승하기 위한 수식을 세웠다.
정류장에 있는 다른 사람들을 '이길 수 있는' 중요한
과업이었다. 버스가 와야 할 거리와 평균 속도,
정류장 내 사람 수와 연령대, 자신의 걸음 속도 등
다양한 변수들을 확인하고 적절한 가중치를
집어넣었다. 완벽한 식에 가까워질수록 그는 묘한
승리감을 느꼈다. 그가 최적의 자리를 향해 발을
내딛는 찰나, 한 여자아이가 그의 앞을 가로막았다.

아이는 한쪽 다리를 불편하게 절었다. 그는 자신보다
버스에 빨리 탈 수 있는 조건이 부족한 아이에게
안타까운 눈길을 흘겼다. 아이는 그를 천천히 지나쳐
그의 등 뒤로 사라졌다. 어느새 버스가 오고 있었다.
그는 예상치 못한 변수에 흐트러진 수식을 다급히
고치면서 매서운 눈으로 뒤돌았다. 아이는 신호등도
버스도 아닌 다른 무엇을 보고 있었다. 무엇을?
꽃이었다. 꽃? 그제야 보였다. 정류장을 따라
만발한, 햇빛을 말갛게 머금고 피어난 예쁜 꽃들이.

아이는 몸이 기울었어도 마음은 꼿꼿이 서서 꽃들을
눈에 담았다. 반면에 그는 몇 초라도 먼저 버스를
타고자 온갖 쓸데없는 변수들에 눈이 팔렸을 뿐,
아름다운 꽃 한 송이 눈에 담지 못했다. 완벽한
수식은 애초에 성립될 수 없었다. 정류장은 버스를
기다리는 여유의 장이지, 버스를 빨리 타는 경쟁의
장이 아니니까. 그는 허둥지둥 제일 마지막으로
버스에 올라탔다.

# 미안해요 / 고마워요

저는 승부욕이 꽤 있는 편인데, 학창 시절을
지나오면서 남들보다 잘해야 하고 언제나 앞서야
한다는 일종의 경쟁 강박으로 커져 갔어요. 일상의
사소한 행동도 낭비 없이, 효율적으로 해야 한다는
생각이 자꾸만 저를 옭아맸죠.

이십 대가 되어도 습관은 쉽게 사그라들지 않아
스스로 힘겨워하던 무렵, 그맘때 겪게 된 [에세이]의
일화가 제 마음을 강렬하게 뒤흔들었어요. 두고두고
맘에 앙금처럼 남았고, 이제는 강박을 떨쳐 내고
싶다는 마음으로 울릉도에서 펜을 들었습니다.

화자를 저 자신으로 둔다면 결국 저 자신의 독백에
머물 뿐이겠다 생각했어요. 그래서 그날 꽃을 보던
여자아이의 시선으로 시를 써내려 갔습니다. 버스를
빨리 타려고 안절부절못하는, 버스가 오기만을 목이
빠져라 쳐다보는 저에게 그 아이라면 어떤 말을
건넸을까 하고요. 꽃이 말갛게 피어 있는 정류장에서.

그렇게 아이의 시선을 따라 시의 끝에 다다랐을 때,
비로소 버스가 아닌 꽃 앞에 마주 섰을 때 어떤 말을
건네게 될까 생각했습니다. 그랬더니 자연스럽게 툭
흘러나왔어요 — 그동안 몰라봐서 미안해, 그리고
여기 있어 줘서 고마워. 미안함과 고마움, 너무나
평범한 두 단어인데 이들을 펜으로 한 글자 한 글자
쓰면서 울컥했어요. 저 자신에게 해 주는 말이라고
느껴졌거든요.

이십 대를 통과하며 마주한 사회생활은 그야말로 더
치열하네요. 그래도 지금은 타인과의 경쟁보다 나의
성장에 보다 집중하려 노력합니다. 버스를 얼마나
빨리 타느냐보다, 그 버스를 타고 어디를 가고자
하는지에 말이죠. 이 시를 되뇌이며 못된 마음을
조금씩 떨쳐 내고 있습니다.

# 울릉도 사람들

간부님이 마을에서 업무를 보는 동안 모처럼 혼자가 되었다. 나는 기다렸다는 듯 산길의 초입으로 향했다. 한 폭의 풍경화를 보듯 마을을 고요히 감상하고 싶었기에. 이 길로 십오 분이면 전망대가 나온다지만, 나는 오십 계단 정도만 재빨리 오른 뒤 목조 난간에 팔을 기댔다. 쏟아지는 햇빛에 시선이 하얗게 번졌다가 조금씩 또렷해졌다.

한눈에 보이는 마을 풍경은 꽤나 생경했다. 갖가지 원색의 지붕들이 선명히 빛을 발했고, 지붕 없는 옥상에는 색색의 빨래들이 선선히 마르고 있었다. 아침의 짙던 연무가 어느새 투명해져서 마을은 정오의 햇살에 선연히 절여지고 있었다. 해안가의 느슨한 곡선을 따라 시선을 멀리 풀어 나가자 하늘로 뾰족 솟은 송곳봉에 구름이 깃발처럼 걸려 있었다. 여기, 바닷가 마을은 수채화였다.

시선을 천천히 되감아 오며 내 발길이 닿았던 곳들을 바라보았다. 주말의 탈출구였던 아담한 교회, 부은 사랑니로 찾았던 작은 보건소, 특별한 날이면 꼭 포장해 오는 단골 치킨집, 일주일치 식재료를 가득 담아 오는 오래된 마트……. 지도의 외딴 점일 뿐이던 이 섬에, 존재하는지도 몰랐던 이 북쪽 마을에 나의 생이 불현듯 얽혔고, 그렇게 얽히고설켜 나는 이곳의 일부가 되어 가고 있었다.

맑은 햇살에 주인 할머니께서 마트 밖으로 나오셨다. 오늘도 안녕히 주무셨나요. 나는 들리지 않지만 눈길로 인사드리며, 더불어 나와 인연의 선이 맞닿은 울릉도 사람들에게 안부 인사를 하나씩 건네 보았다. 그리고 생각했다. 내가 이곳을 떠난 뒤에도 누군가는 아주 가끔 내 안부를 궁금해할까. 간부님이 아래에서 나를 찾아 손짓했다. 마을은 안온했다.

# 울음 서로 닦아 주기에

어느 날 아주 짙게 낀 안개를 보며 문득 '구름이
땅으로 내려오셨네. 이 먼 곳까지 무슨 일로 오셨나?'
하는 생각이 스쳤어요. 하늘에서 바라봤을 때는 모를
사람들 모습을 들려주리라는 생각으로 시를 쓰기
시작했습니다.

사실은 남들은 잘 모를 제 마음을 넋두리처럼
늘어놓고 싶었어요. 군생활이란 속박된 환경 속에서
미래에 대한 걱정으로 불안해하던 당시의 저를요.
그날의 날씨였던 '안개'에 빗대어, 땅에 사는
사람들은 모두 자유롭지 못하다고, 나만 흐린 게
아니라고 못난 위로를 대고 싶었던 거예요.

그렇게 시를 쓰던 중, [에세이]에 썼듯 부대 가까운
마을을 높은 곳에서 홀로 내려다보게 되었고, 그
아늑한 풍경을 눈에 담음으로써 생각의 궤도가
달라졌습니다. 내 마음속을 왜 자꾸 안개 낀
풍경으로만 그리려 했을까. 이 마을처럼 우리 세상은,
내 마음은 건강한 풍경일 수 있는데.

마냥 어둡게 쓰일 뻔했던, 그저 애처로운 감정만 담을
뻔했던 시에 희망을 한 줄 담기로 했습니다. 안개
같은 삶 속에서도 사람들은 서로 돕고 믿고
의지하면서 산다는, 하늘 위에선 잘 보이지 않아도
가까이서 보면 "울음 서로 닦아 주"면서 산다는
메시지. 이 말을 구름에게, 그리고 제 자신에게 전해
주고 싶었습니다.

먼 곳까지 내려온 구름과 대화하는 형식이었기에,
시의 처음과 끝으로 구름의 안부를 물으며 시를
여닫았어요. 그러다 나중에 "당신의 안부"로
바꿨습니다. '당신'이라고 쓰면 이 시를 읽는 이까지도
포괄할 수 있어서요. 제가 정말 안부를 묻고 싶은
대상은 지금 이 시를 읽고 있는, 이 땅에서 함께
살아가는 바로 여러분이니까요.

# 종이로 접는 마음

자신만만히 시도한 첫 장미는 봉우리가 되지도
못했다. 먼저 주름 같은 접기선부터 잡아야 했는데,
설명서대로 접었다 폈다를 반복해도 내 종이는
설명될 수 없었다. 버리고 다시 시도한 장미는
접기선의 위치를 아슬하게 맞혔으나, 접는 방향이
틀렸는지 펼친 면이 이상하게 뒤틀렸다. 자꾸 접다
보니 접기선이 분필로 그은 듯 하얗게 해져서 또 새
종이를 꺼냈다.

접기선 단계가 끝나면 접어 놓은 한쪽 모서리와 다른
쪽 모서리를 연이어 이으면서 종이를 둥글게 말아야
했다. 그래야 입체적 형상이 될 수 있는데 내 장미는
이차원에서 삼차원으로 도통 나아가지 못했다. 새
종이를 몇 번이나 더 쓴 뒤에야 요령도, 나의
미숙함도 깨달았다. 마음을 전하는 데 쉬운 설명서는
없음을. 꽃이 되지 못한 종이들이 나를 다그쳤고,
어느덧 남은 종이는 한 장뿐이었다.

나는 마지막 종이를 접으며 건네는 마음에 대해
생각했고, 붉은 물이 든 손끝을 보며 받는 마음에
대해 생각했다. 종이꽃이 사계절을 온전히 나려면 두
마음의 면이 종이접기 하듯 맞아떨어져야 했다.
아무리 곱게 접은들 종이꽃인 줄 모르고 물을 준다면
썩어 버릴 테니까. 그 순간 네 모서리를 말아 올리던
손이 그대로 멈췄다. 나는 내 마음속 화단을 서둘러
둘러보았다. 언제인지 모르게 비어 있는 자리들.

내 마음속에는 정확한 이름을 불러 주지 못해 썩은
종이꽃들의 빈자리가 보였다. 어느 시처럼 이름을
불러 주어야 비로소 꽃이 된다지만, 중요한 것은 그
이름의 정확성이었다. 나에게 다가온 인연을 다정히
들여다보지 못한, 그저 꽃이라는 아름다운 이름으로
통친 채 한날한시에 물을 주었던 나의 어리숙함이여.
이제 물을 주지 말아야지, 연필로 끝을 이쁘게 말며
되뇌었다. 마지막 장미는 장미처럼 고왔다.

# 종이꽃인 줄도 모르고

병역 의무가 지닌 장점이라면 사람을 한때나마 효자로 만든다는 데 있죠. 어버이날이 가까워 오자 저는 시중 제품을 사는 대신 직접 꽃을 접어 보기로 했습니다. 곧장 문구점으로 가서 장미 접기 세트를 샀어요.

여러 번의 실패 끝에 제 손으로 직접 만든 종이꽃이 진짜 꽃과 닮아서 뿌듯했습니다. 별안간 종이꽃을 생화로 착각해 물을 주면 썩겠지 생각했다가, 번뜩 그러한 착각이 인간관계 속 저의 모습과 참 닮았다고 느꼈어요. 효도는 잠시 제쳐 두고 시를 구상했습니다.

인간관계는 2년의 대학생활을 겪으면서 그 당시 제가 늘 고민하던 화두였어요. 만나는 사람들의 수가 급격히 늘어났고, 살아온 환경이 참 다른 사람들과 원만히 어울려야 했죠. 갑자기 넓어진 인간관계 속에서 잘하고 있는 게 맞나 계속 혼란스러웠어요. 사람마다 성격도 가치관도 다르다 보니 어떻게 대해야 할지 갈피를 잡기 어려웠습니다.

누군가 저와 가까워진 만큼 또 누군가는 저와 멀어진다는 게 가슴 아팠어요. 내가 그 사람에게 다정하지 못했나 하는, 답을 알 수 없는 답답함과 일종의 자책을 그렇게 시에 담았습니다. 그 사람이 사실은 "종이꽃인 줄도 모르고" 나는 자꾸만 물을 주려고 했던 건 아닐까 하고요.

이 시를 썼던 때로부터 시간이 꽤 흘렀음에도 인간관계에 대한 고민은 딱히 줄어들지 않네요. 다만 조금은 초연해지는 듯합니다. 제 잘못이 아니어도 누군가는 자연스레 멀어진다는 사실 말이죠. 물론 종이꽃을 알아채는 일도 여전히 중요하지만요.

# 너의 표정

휴대폰을 쓰지 못하는 생활*은 생각보다 허전하거나
황량하지 않았다. 휴대폰을 찾던 습관은 꽤 빠른
속도로 휘발되었고 자연스레 화면 밖 세상으로
시야가 트였다. 특히 하늘을 자주 올려다보았다.
이곳은 들쭉날쭉 솟은 아파트도, 허공을 가르는
전봇대 줄도 없는 울릉도의 외진 곳이었으니까.

> * 2020년 7월부터는 일반 병사도 개인 휴대폰을 사용할 수
> 있게 되었다.

내 생활 반경은 가장 좁아졌지만 머리 위 하늘은 그
어느 때보다도 넓었다. 내게 서울의 하늘은 기상청
예보를 기계적으로 확인하는 또 하나의 화면일
뿐이었다. 반면 울릉도의 하늘은 구름의 모양이,
새의 노래가, 바람의 결이 매일 다른 역동적인
시공간이었다. 동해의 자연은 아이콘으로 단순화될
수 없이 매 순간 아름다웠다.

그중에서도 낮달은 놀라운 발견이었다. 서울 하늘에
뜨던 낮달은 고작 액정 화면의 작은 흠집과 같았다.
있는지 없는지도 잘 모르는. 울릉도 하늘의 낮달은,
나에게 말을 걸었다. 불러서 올려다본 낮달은 매일
표정이 달랐다. 흰구름처럼 밝기도, 안개처럼
흐리기도, 커다랗게 미소 짓기도, 작게 웅크려 울기도
했다. 너도 나처럼 하루하루를 살아가고 있었구나.
그동안 몰라봐서 미안해.

그가 부르지 않은 날에도 나는 그가 보고 싶어 하늘을
이리저리 살폈다. 낮달의 생기로운 얼굴은, 실은
되찾고 싶던 나의 얼굴이었다. 꺼진 휴대폰 화면에
설핏 비치던, 점점 표정을 잃어 가던 얼굴 너머.
낮달의 발견은 내 표정, 내 감정의 발견이었다.
하늘을 보며 낮달을 보며 나는 나에게로 시야가
트였던 것이다. 낮달이 뜬 울릉도의 하늘은 고요히
아름다웠다.

# 아,

울릉도에서 그 아름다움을 새롭게 알게 된 낮달에게
시를 선물해 주고 싶었어요. 그래서 "왜 달은 낮에도
떠 있는 걸까?"라는 물음에 과학이 아닌 저만의
문학으로 응답하고자 했습니다.

먼저 밤이란 어떤 시간일까 고민했어요. 밤의 의미를
뒤집으면 낮의 의미가 되니까요. 그래서 저는 밤을
외롭고 허전한 시간, 누군가 나를 보듬고 채워 주길
바라는 시간이라고 생각했어요. 모두에게 밤이 그런
건 아니지만, 당시의 저는 분명히 그렇게 느꼈던
것이죠.

그렇다면 왜 달은 밤에 뜰까요? 저는 달을 밤의
결핍을 메꿔 주는 존재로 바라봤습니다. 달은 우리
가슴속 빈 구멍을 채워 주려는, 모나지 않은
마음이라고 말이에요. 그래서 "둥근 그리움"이라고
표현했어요. 그리움이라고 한 이유는 기쁜 사람이든
슬픈 사람이든 그리움은 누구나 느낄 수 있으니까요.

밤이 결핍의 시간이라면 반대로 낮은 충만한 시간일
테죠. 밝음과 활기로 가득 채워져 있는 시간. 처음
던졌던 물음이 이제 구체화되었습니다. "더 이상 채울
것도 없는 낮에, 왜 달이란 그리운 마음이 떠 있는
걸까?" 그랬더니 답이 자연스레 새어 나왔어요.
얼마나 그립길래.

아, 도대체 얼마나 그리우면은 더 채울 수도 없는
하늘에 그리움을 더하려는 걸까. 그 마음이 벅차서
"아" 하고 감탄사를 내뱉을 수밖에 없었고, 시에
그대로 써 넣었습니다. 처음엔 군더더기 같아 뺐는데,
빠진 자리가 아주 허하더라고요. 그래서 쉼표로
호흡을 한 번 끊어 주기까지 하며 낮달을 향한 감탄의
감성을 온전히 담아냈습니다.

# 마지막 드라이브

나는 목적지도 모른 채 보조석에 앉아 있었다. 전역을
한 달 남겨 눈송이도 조심해야 했는데 간부님은
평소처럼 봉고 트럭을 거칠게 몰았다. 굳이 내가 필요
없는 동선이었지만 가만히 따라다녔다. 어쩌면
마지막 울릉도 드라이브였기에. 다만 차 안에 단둘이
있을 때는 바람을 즐기는 척 창문을 열어야 했다.
차갑게 언 침묵보다 겨울바람이 더 견디기 쉬웠다.

늦은 점심으로 찾은 물횟집은 이름난 곳인 듯 크고
깔끔했다. 간부님과 단둘이 밥을 먹는 것도 처음이란
걸 물회 두 개를 주문하며 깨달았다. 원래 말이 적은
간부님, 말이 적을 수밖에 없는 나 사이에 살얼음
같은 침묵이 깔렸다. 이제 나는 창문 대신 입을
열어야 했다. 이렇게 마주할 일도 어쩌면 처음이자
마지막이었기에 나는 평소에 담아 두었던 질문을
던졌다. 간부님은 왜 울릉도로 들어오셨나요?

나는 짧은 대답을 예상하며 다음 질문을 더듬었는데,
뜻밖에도 간부님은 당신의 20대 때로 거슬러
올라갔다. 젊을 적엔 전혀 다른 일을 했는데 몸을
크게 다치셨고, 어렵사리 회복한 후에 다시
먹고살고자 길을 따라다 보니 이곳에 이르렀다고
하셨다. 생의 굴곡이 압축된 간결한 말들에 나는
조용히 고개를 끄덕였다. 내 앞에 앉아 있는 중년
남성은 이제 목적지를 안다는 듯 살며시 미소 지었다.
차가운 물회를 삼키는데 속이 자꾸만 뜨거워졌다.

부대로 돌아가는 길, 보조석에서 간부님 얼굴을
슬며시 바라보았다. 눈가는 주름지고 머리는
하얬으나 콧날만은 그대로 반듯했다. 울릉도 바다에
홀로 선 바위처럼 생의 굴곡을 묵묵히 받아들이고
있는, 그럼에도 기어코 무너진 적 없는. 우뚝 숨쉬고
있는 그의 콧날이 생생한 대답이자 증명이어서
어떠한 말도 필요치 않았다. 나는 창문을 열어 바람을
맞았다. 코끝이 찡한 마지막 드라이브였다.

# 가장 곤히 잠들 수 있는 / 팔베개

어릴 땐 어머니를 똑 닮았다가 스무 살 무렵부터 놀랄
만큼 아버지를 닮아 갔습니다. 특히 코가 점점
길어지더니 아버지 코와 정말 똑같아졌죠. 스스로도
참 신기해서 아버지와 코를 소재로 시를 쓰면
재밌겠다 맘속에 품어 왔어요.

그러다 그 시상이 발아하는 순간을 만났습니다.
[에세이]에 쓴, 간부님의 인생에 대해 듣던
그날이었어요. 그의 콧날에 마음이 꽂히면서 불현듯
그의 코에 아버지의 코가 겹쳐 보였습니다. 그
연령대의 어른 남성이 지니는 어떤 묵묵함이 느껴져서
그들에게 선물할 시를 써 보자 마음먹었어요.

아버지의 콧날을 돌에 비유하기로 한 건, 울릉도에
살면서 바다에 홀로 서 있는 바위들에 친숙해진 몫이
컸어요. 세상의 풍파를 오랫동안 견뎌 온 모습이
그들의 인생과 참 닮았더라고요. 하여 '석탑',
'독바위', '암벽'과 같이 돌로 만들어진 것들을 시로
불러내어 인내의 삶을 다채롭게 표현했습니다.

그런데 뭔가 부족했어요. 돌의 속성만으로 아버지의
삶을 다 담아낼 수 있을까요. 아버지께서 저에게 주신
건 미소와 따뜻함이었습니다. 단단함 속에 정반대의
부드러움이 녹아 있음까지 표현해야 진정으로
아버지를 위한 시가 될 수 있었죠.

아주 어릴 적 아버지께서 거실에 잠든 저를 품에 안고
침대로 옮겨 주신 기억이 있어요. 그때 아버지 품에 쏙
안긴 포근함이 언제나 생생합니다. 그 기억을 담아
"가장 곤히 잠들 수 있는 팔베개"라고 썼고, 끝으로
'팔베개'는 별도의 한 행으로 내려 그 의미를
강조했습니다. 이제 이 시를 선물드릴 일만 남았네요.

# 밝고 맑고 정갈한

부엌에서 콩나물국밥 한 국자를 더 떠 왔다. 거실
테이블에 앉아 함께 먹는 콩나물국밥은 어머니를
엄마라 부르던 어린 시절부터 나를 지켜 주던
따뜻함이었다. 꽉 찬 배를 두드리며 어머니와 나는
언제나처럼 소파의 한쪽 귀퉁이씩 등을 기댔다.
거실을 채우던 티브이 소리를 끄고 나니 창 너머로
밝고 맑은 것들이 쏟아져 들어왔다.

오후는 햇빛이 밀물로 밀려오는 시간이었다. 햇빛이
햇빛을 불러 거실에 차곡차곡 쌓여 갔는데, 서로를
부르는 소리가 아주 낮고 고요했다. 소파의 부드러운
굴곡을 따라 흐르는 빛의 물결에 어머니와 나는
가만히 몸을 맡겼다. 금세 천장까지 차오른 햇빛
바다는 따뜻한 침묵이 되어 우리를 감쌌다. 나른해진
마음에 중심을 잃은 나는 무심코 어머니 무릎에
얼굴을 베고 누웠다. 정말 오랜만에.

나는 눈을 감고 가만히 호흡했다. 기억이 기억을 불러
마음에 차곡차곡 쌓여 갔다. 서로를 부르는 숨결은
아련한 추억이 되어 어머니 무릎을 따라 흘렀다. 소파
위를 뛰어다니며 구구단을 외던 아이, 소파에 두 발
뻗고 누워 티브이 만화에 푹 빠졌던 소년……. 이제
소파에 누우면 다리를 한껏 오므려야 했고, 엄마를
어머니라 부르게 된 시간 동안 내 머리는 무거워졌다.
무릎을 누르는 그 무게가 나는 낯설어 뒤척였는데,
어머니는 내 머리를 부드러이 쓰다듬으셨다.

블라인드가 반만 내려져 있어서 누운 두 눈에 해가
정면으로 비쳤다. 나는 눈이 부셨지만 한적한 오후를
흐트리고 싶지 않았다. 그때 어머니의 손이 내 눈을
살며시 덮었다. 당신의 손에는 어린 나를 매만져 주던
온기가 콩나물국밥 냄새처럼 그대로 남아 있었다.
햇살이 넘실대는 어머니의 무릎 위에서 나는 가장
아늑한 어둠에 잠겼다. 그 어둠 속으로, 무언가 맑고
정갈한 것들이 밀려올 것만 같았다.

# 눈물을 말릴 수 있었으니까요

무던한 친형 덕분인지 저는 어머니에게 애교도 잘
부리는 살가운 둘째였어요. 중고등학생 때도 팔짱
끼거나 무릎에 눕는 등 스스럼없었죠. 그런데 숫자로
성인이 될 무렵부터였을까요, 어머니와 살갗이
맞닿는 일은 차츰 줄어들었습니다.

그러다 휴가를 나와 거실에서 편히 쉬고 있던 오후,
[에세이]에 썼듯이, 어머니 무릎을 베고 눕던 유년
시절의 제가 불쑥 튀어나온 겁니다. 어머니와 집이
주는 한결같은 포근함, 그것을 향한 그리움이 군생활
동안 저도 모르는 새 쌓이고 쌓였기 때문일 테죠.

울릉도에 복귀한 뒤에도 계속된 여운은 저를
자연스레 시로 이끌었습니다. 어머니 무릎에 누운
순간 자체가 시적이었기에 햇살 가득했던 그날의
풍경 그대로 담백하게, 편지를 부친다는 마음으로 한
줄 한 줄 써 나갔어요. 저와 어머니가 겪는 서로 다른
신체적 변화를 대비함으로써 시의 전개를 더 깊게
만들었고요.

끝으로 시의 힘을 더해 줄, 한마디로 그날의 순간을
더 감동적으로 담아낼 한 줄을 고민했어요. 눈물이
흐를 만큼 좋았다고 하면 너무 평범하니까요. 그래서
그날 거실의 햇살과 분위기가 참 따스했다는 점에
착안해 눈물을 '말린다'는 발상에 닿았습니다. 햇살에
(눈)물이 증발하려면 아주 오랜 시간이 필요할뿐더러
사실상 불가능한 일이에요. 하지만 시의 세상에선
가능하죠. 눈물이 마를 그 길고 긴 시간 동안 어머니
무릎에 누워 있고 싶은 마음이 여기에 담겨 있습니다.

저는 스물아홉에 결혼하면서 독립했어요. 어머니를
이제 매일같이 뵐 수 없지만, 어머니께 배운 사랑과
따스함을 제 옆사람에게 전하는 마음으로 살고
있습니다. 그리고 어머니를 뵈는 날이면, 집으로
돌아가기 전에 한 번은 꼭 어머니를 안아 드립니다.

# 맞잡은 손

전신 마취에서 깨어나 눈을 떠 보니 눈 깜짝할 새 수술은 끝나 있었다. 의식의 문틈이 살짝 열리자, 2시간의 기흉* 수술 동안 쌓여 있던 고통들이 왼쪽 폐 부근으로 한꺼번에 휘몰아쳐 들어왔다. 내려다본 왼쪽 옆구리에는 구멍이 나 있어 긴 호스가 몸 안에서 밖으로 연결되어 있었다.

> * 공기가슴증. 폐에 구멍이 생겨 폐 밖으로 공기가 차는 질환.

의식이 돌아온 뒤 회복실에서 다인 병실로 옮겨졌다. 숨 쉴 때마다 파도처럼 끊임없이 밀려오는 고통. 그 격한 출렁임에 마음의 멀미는 가실 줄 몰랐다. 어머니의 표정, 말소리는 제대로 보이지도 들리지도 못했다. 내 정신의 배는 쉽사리 부서져, 나는 거대한 고통의 바다에 휩쓸리며 허우적거렸다. 어머니의 손이 내가 붙잡고 있는 유일한 부유물이었다.

이틀을 꼬박 헤매서야 고통의 온도에 조금씩 적응되었다. 그때부터 움츠린 근육을 풀어 주려 병실 복도를 조금씩 걸었다. 그렇게 복도를 몇 바퀴씩 돌던 때, 어머니께서 아주 작게 말씀하셨다. "미안해, 건강하지 못한 몸을 줘서……." 그제야 나는 어머니의 얼굴을 제대로 쳐다보았다. 어머니의 작은 얼굴에는 슬픔이 가득 들어차 있었고, 슬픔이 너무 무거운 듯 어머니는 고개를 들지 않으셨다. 왜 어머니께서 미안해하셔요. 도대체 왜요.

나는 어머니의 손을 꼭 잡았다. 나는 가슴 속 구멍을 메꿨지만 어머니 가슴속엔 구멍이 하나 더 뚫렸음을. 내가 숨 쉴 때마다 고통을 느낄 때 어머니는 숨 쉬지도 못할 고통을 느끼셨음을. 어머니께서 그 숨마저 꼭 참고 나를 위로 올려 내고 있었기에 내가 고통의 바다 속으로 가라앉지 않았음을. 그리고 내 손은, 어머니께서 잡고 있는 유일한 부표이기도 했음을. 우리는 물기 어린 눈으로 병실 복도를 몇 바퀴 더 돌았다.

# 그 가녀린 구멍을

처음 입대했을 때 왼쪽 폐에 기흉이 발견되어 퇴소 조치 되었습니다. 폐의 구멍을 제거해야만 다시 입대할 수 있어서 급히 수술을 했어요. 수술에서 퇴원까지 일주일간 겪었던 병상살이는 지금도 선명할 만큼 고통스러운 나날이었습니다.

처음엔 제가 가장 억울하고 아픈 사람인 줄 알았습니다. 그런데 되짚어 볼수록, 가장 고통스러웠을 사람은 좁은 보조용 침대에서 자식의 아픔을 밤새 지켜봤을 제 어머니셨어요. 그래서 슬픔 속에서도 자리를 지켜 주신 어머니의 사랑을 시로 써서 언제고 기억하고 싶었습니다.

전체적인 심상은 '구멍'으로 잡았어요. 실제로 제 폐에 구멍이 났었고 수술 후 옆구리에도 구멍이 나 있었으니까요. 이러한 물리적 속성의 구멍이 시가 진행되면서 정신적 속성의 구멍으로 차츰 확장되도록 했습니다. 그렇게 시의 마지막에서 마주하는 어머니 가슴속 구멍은 어떤 모습일까, 오랫동안 고민했습니다.

어머니의 사랑은 많이들 굳세고 단단한 것으로 표현되잖아요. 그런데 저에게 미안하다고 말하던 어머니의 사랑은 눈물겹고 연약한 것이었습니다. 그러나 그렇기에 어머니의 사랑은 부서지지 않고 모든 자리에 머물 수 있는 것 아닐지요. 그래서 시에도 역설을 담기로 했습니다. 눈물이 억겁의 세월 동안 떨어짐에도 작고 가녀린, 어머니의 사랑 같은 구멍이라고 말이죠.

다행히 수술이 잘 끝나서 두 달 만에 재입대할 수 있었어요. 수술하고 나선 아프고 억울한 마음만이 전부였는데, 시를 쓰고 난 이제는 어머니의 애틋함을 추억하게 됩니다. 운명의 장난인지 기흉이 없었다면 울릉도에 가지도, 지금 이 시를 쓰지도 못했겠네요.

# 조개 껍데기 속엔 조개가 있다

느지막이 일어나 어머니와 점심 같은 아침을 먹었다. 간단한 밑반찬과 계란 후라이, 그리고 다시 끓인 조개 된장찌개. 어머니의 달큼하고도 알싸한 된장찌개가 입속에 스며들어야 비로소 휴가임을 실감할 수 있었고, 국물이 좋은 덕분에 함께 넣었던 조개의 시원한 맛도 더욱 살아났다. 그런데 어제부터 유독 조개 한 마리만이 입을 꿋꿋이 다물고 있었다.

어무니, 이 조개는 왜 입을 안 열까요? 그러고 나서 나는 그 안에 조개가 없을 거라며 쓴웃음을 지었다. 홍합탕 속 홍합 없는 빈 껍데기를, 조개탕 속 조개 없는 빈 껍데기를 흔히 봐 오지 않았던가. 이번에도 우리가 속은 거라고, 세상은 으레 빈 껍데기 같은 곳 아니느냐고 은연히 단정했다. 나에게 껍데기란 속이 보이지 않는 속임수와 같았다.

그때 어머니는 진주를 품어서 그런지도 모른다고 나지막이 대답하셨다. 어머니는 그 조개를 숟가락으로 조심스레 꺼낸 뒤 천천히 입을 여셨다. 그 안에는 별 다를 바 없는 조개 한 마리가 들어 있었다. 나는 끓는 국물에 빠진 것처럼 화들짝 놀라 버렸고, 조개는 오히려 누워 있는 부처처럼 평온해 보였다. 조개 껍데기 속이니 당연히 조개가 들어 있는 것뿐인데, 나는 애꿎은 조개만 탓하며 스스로를 기만했던 것 아닌가.

어머니에게 껍데기란 단단한 마음과 같았다. 자신의 소중한 무엇을 끝까지 지키려 펄펄 끓는 뜨거움도 견디는 굳센 마음. 어머니는 된장찌개 속 작은 조개에서도 그런 진주 같은 마음을 발견하셨다. 나를 된장찌개에 넣고 끓이면 조개처럼 깊은 맛을 낼 수 있을까? 나의 겉껍데기를 열면 진주가 들었나, 아니면 진흙이 들었나. 내가 들어 있긴 한가. 어머니는 내 앞접시에 조개를 가만히 놓으셨다. 나는 얼큰한 국물과 함께 조개를 내 속에 품었다.

# 사람 겉껍데기 열어젖히면

어머니는 된장찌개를 끓일 때면 냉동고에서 꼭 조개 몇 마리를 꺼내 함께 끓이셨어요. 저는 조개 껍데기로 국물을 떠 먹을 만큼 그 풍미를 좋아했습니다. 이 시는 바로 그 된장찌개를 먹다가 생긴 일화에서 그대로 시상을 얻었어요.

어찌 보면 아주 일상적이고 평범한 이야기입니다. 집에서 가족과 된장찌개를 먹었는데, 찌개에 든 조개 껍데기 속에 조개가 있었더라. 하지만 저에게는 생각의 전환점이 된 특별한 사건이었고, 시로 남기면 아주 재미있겠다 느낌이 왔습니다.

대신 에피소드에 그치지 않고 세상에 대한 성찰로 한 발 더 나아가고 싶었습니다. 된장찌개를 우리네 세상으로, 조개를 인간 군상으로 확장해서 새롭게 바라보는 것이죠. 그러려면 이러한 확장을 연결해 줄 소재가 필요했는데요. 조개의 속성을 가장 잘 대변하는 '껍데기'가 여기에 적합하겠다 싶었어요.

껍데기는 겉과 속을 명확히 구분해 주는 경계선입니다. 그래서 다음의 질문을 던졌습니다. 조개 껍데기 속엔 조개가 있는데, "사람 겉껍데기" 속엔 정말 사람이 들어 있는가? 이처럼 겉만 사람이 아니라 속의 마음도 사람답냐는 질문이 껍데기라는 소재로부터 자연스레 나왔어요. 그리고 조개 안 들어간 된장찌개 같은 세상에서 조개처럼 살고 싶다는 다짐으로까지 이어졌지요.

사람에겐 당연히 조개와 같은 껍데기가 없지만, 시에선 충분히 가능한 일입니다. 나아가 이러한 비유는 시의 풍미를 살려 주는 조개와 같아요. 나만의 멋진 비유, 나만의 시적 조개를 상상하고 발견해 낸다고 바깥 세상이 달라지는 건 아니지만요, 시 쓴 이의 내면은 일상에선 느끼기 어려운 충만함으로 가득 찰 거예요.

# 면지의 사랑법

동해바다를 건너 어렵사리 배송된 책이지만 곧장
품에 안을 수 없었다. 사상이 불온한(!) 책은 아닌지
점검하는 절차가 남아 있었기에. 면지* 한 귀퉁이에
작은 스티커가 붙여진 뒤, 그곳에 대장님의 사인이
새겨지길 기다려야 했다. 그날도 대장님이 행정실에
벌여 놓은 내 책들을 넘겨 보시다, 네임펜으로 쓴
짧은 문구를 가리켰다. 작은아들에게? 제 어머니
글씨입니다.

> * 표지와 본문 사이에 들어가 있는 종이. 보통 그 책의
> 분위기와 어울리는 단색의 종이를 면지로 넣는다.

책을 선물해 주실 때마다 어머니는 항상 면지에
날짜와 함께 문장을 남기셨다. "작은아들에게"와
같은 짧은 말부터 "사랑해"처럼 애틋한 메시지까지.
어머니는 쉬이 지나칠 수 있는 면지도 소홀히 하지
않으셨고, 그곳에 물에 젖지 않는 네임펜으로 당신의
큰 마음을 작게 새겨 놓으셨다. 나는 위로가 필요한
날이면 이따끔 어머니께서 선물해 준 책들을 꺼내
면지만 펼쳐 보았다.

책을 펼치면 가장 먼저 닿는 곳은 본문이 아니라
면지였다. 나는 태어나, 아무것도 쓰이지 않은 면지의
시간을 어머니 품에 안겨 건너왔기에 드넓은 본문에
닿을 수 있었다. 그리고 그 너머 빈 페이지들이 이미
놓여 있었기에 나는 내 삶의 문장들을 자유롭게
써내려 갈 수 있었다. 어머니는 나라는 책을
지으시고는, 혹여나 책이 닳을까 면지 한 귀퉁이에만
조심스레 당신의 사랑을 써 놓으신 걸까.

책은 면지에서 시작해 면지로 끝났다. 어머니를 따라
나는 책의 첫 면지에 읽기를 시작하는 마음을 남겼고,
나아가 마지막 면지엔 읽기를 끝내는 마음을 썼다.
어머니께서 선물로 주신 책을, 아니 어머니께서
선물로 주신 생을 성실히 읽고 배우는 것. 이것이 내가
당신에게 보답할 수 있는 나만의 사랑법이었다.
대장님 사인이 그려지고 나는 책들을 품에 안았다.

# 몇 줄의 사랑

어머니의 사랑을 어떻게 시로 담아낼 수 있을까요?
어머니의 사랑 하면 어머니 배 속에 있는 모습부터
자연스레 떠오릅니다. 그러나 이는 사실일 뿐이고,
여기에 어떤 심상이 낯설게 결합되어야 시가 될 수
있을 거예요.

제가 떠올린 심상은 '빌리다'였어요. 어머니 육체의
절반 가까이를 차지하고는 모든 것을 의탁해 우리는
태어납니다. 어디 신체뿐인가요. 인생의 올바른 태도,
타인을 향한 선한 마음 또한 어머니로부터 배웁니다.
거저 받을 수 없을 만큼 너무 값지고 귀한
것들이에요.

이 같은 생각을 시로 표현하고자 반복과 대구를
적극적으로 사용했어요. '탄생'과 '인생'이 같은
글자가 반복되고, '태어나다'와 '살아가다'의 글자
수가 똑같았기 때문이에요. 이 단어들을 시의 중심이
되는 '빌리다'와 함께 앞 연과 뒤 연에 반복적으로
배치해서 운율감 있는 구성을 만들었습니다.

빌리는 행위는 훗날 그대로 갚아야 함을 전제로 하죠.
그런데 우리가 어머니로부터 빌리는 모든 것들은,
사실은 결코 '갚을 수 없는' 것들입니다. 이러한
모순을 시에 드러내어 어머니 사랑의 아름다움을
강조하고 싶었어요. 그리고 스스로에게 물었습니다.
그럼에도 내가 되돌려 줄 수 있는 것은 무엇일까.

그때 어머니께 시집을 선물해 드렸던 것이
생각났습니다. 울릉도에 있었기에 어머니처럼 책
속에 글을 남기진 못했는데요. 못내 아쉬웠던 그
마음을 시에 남기며 끝맺었습니다. 지금처럼 당신을
위한 몇 줄의 시를 쓰는 것밖에 할 수 있는 게 없지만,
그럼에도 시를 쓰며 당신의 사랑을 느끼겠다는 마음
말이에요.

# 노란색 좌석

오랜만에 아버지와 버스를 함께 탔다. 한눈에도 거의 모든 좌석이 차 있었고, 서 있는 사람들 사이 노약자를 우대하는 노란색 좌석 하나만이 비어 있었다. 아버지는 그 빈 좌석을 발견하고는 곧장 그쪽으로 향하셨다. "아부지, 그 자리는 노약자석 자리…" 나는 끝까지 말하지 못한 채 입을 다물었다. 아버지는 자리에 앉으셨다.

아버지는 느닷없이 늙어 있었다. 하얗게 지샌 구레나룻, 주름진 손등, 숱이 옅어진 눈썹, 조금 굽어진 허리……. 어느 곳에서나 흔히 볼 수 있는 나이 든 남성의 전형이 그 자리에 앉아 있었다. 그 사람은 다름 아닌 나의 아버지였다. 노란색 좌석에 앉아 아버지는 어느새 고개를 까닥이며 졸고 있었다. 아버지에게 그 자리는 이제 양보할 필요가 없는 편안한 자리였다.

아버지는 늙지 않으실 줄 알았다. 아니, 아버지도 언젠가 늙으시겠지만 그것은 먼 훗날의 일일 뿐 아직은 그럴 리 없다고 단정했다. 나는 아버지의 늙음을 외면해 온 것이다. 아버지를 태운 버스는 결코 후진한 적이 없었고, 아버지의 세월은 시간의 경로를 정직하게 운행했다. 종착점을 향하는 그 버스는 조금씩 낡아 가고 있었다. 수리받지 못한 아버지는 자꾸만 덜컹거렸다.

나는 아버지의 종착점을 떠올렸다. 그러나 떠오르지 않았다. 아버지는 당신의 종착점에 대해 얼마나 생각하실까. 버스가 코너를 돌자 노란색 좌석 위로 햇살이 쏟아졌다. 나는 햇살이 비춘 아버지의 얼굴을 말없이 바라보았다. 콧날의 각도, 눈과 눈썹 사이의 거리, 푹 꺼진 볼살의 깊이……. 내 얼굴이 그곳에 앉아 있었다. 버스가 정거장에 멈춰 섰다. 우리는 함께 내렸다.

# 타오를 촛몸이 더 짧음을

휴가를 나와 아버지와 어딘가로 향하는 길이었어요.
아버지께서 버스 노란색 좌석에 앉아 있는 모습이
전혀 어색해 보이지 않았습니다. [에세이]에 썼듯,
아버지의 늙음을 맞닥뜨리며 이때 저는 큰 충격을
받았죠. 저의 무심함을 깨달으며 시를 써야겠다
마음먹었습니다.

우선 아버지의 하루를 찬찬히 되짚으며 무엇이
달라지셨을까 곰곰이 생각해 봤어요. 소화력이
약해지셨는지 소화제를 더 자주 찾으시고, 주말에는
더 일찍 더 오래 주무시고, 평일엔 장례식장에 가는
일이 더 잦아지셨더라고요. 이런 아버지의 모습을
제가 느낀 그대로 담아내면 되었죠.

내용은 얼추 잡았으니 어떤 형식으로 쓸지
고민했어요. 시를 쓴 이유가 무심했던 제 자신을
돌아보는 것이었으니, 나에게 말하는 방식으로 풀어
보자 싶었습니다. 시의 첫마디를 "아버지" 대신
"아들아"로 시작하는 것이죠. 이렇듯 아버지에 대해
말하는 쪽이 아니라 '듣는' 쪽에 서니, 제 생각이 보다
객관화되면서 시가 착착 나아갔습니다.

그런데 쓰면서 뭔가 부족한 느낌이 들었어요. 이 시의
중심이 될 하나의 은유가 필요했습니다.
상상했습니다. 나에게 아버지는 어떤 사람일까.
그러자 그냥 문득, 밝게 타오르는 형상이
떠올랐어요. 촛불. 어둠 속에서 길을 밝혀 주면서
자신은 점점 줄어든 사람. 아버지는 이제 타오를
촛몸이 더 짧으시구나. 시에 고스란히 적으면서
복잡한 감정이 맘속에 일렁였습니다.

이 시를 썼을 때보다도 아버지의 주름은 훨씬 더
깊어졌고, 나이가 들수록 저는 아버지의 얼굴을 점점
더 닮아 갑니다. 이 시를 읽을 때마다 아버지와의
시간이 오래 남지 않았음을 깨닫게 되네요. 오늘은
아무 이유 없이 아버지에게 연락 한번 드려야겠어요.

# 호빵을 먹는 일

고모댁에 가면 할머니는 티비를 보고 계셨다. 내 인사를 반갑게 받아 주시는 할머니의 미소 너머, 티비에서는 미국 프로 레슬링 선수들이 과격한 쇼를 펼치고 있었다. 작고 웅크려진 할머니와 티비 속 우락부락한 남성들의 격한 대비. 내가 기억하는 할머니의 생전 모습은 레슬링을 숨죽여 보시던 뒷모습이었다.

아직 바람이 차던 초봄 날, 생을 마치신 할머니를 산소에 묻어 드렸다. 입장을 마치고 마지막 절을 할 때, 아버지는 털썩 주저앉으시며 짧은 흐느낌을 내뱉으셨다. 좋아하시던 호빵도 실컷 못 사 드려 죄송하다고, 아버지는 산소 앞에서야 겨우 우셨다. 아버지의 뒷모습이 작고 웅크러져 있었다. 할머니는 당신의 어머니라는 걸 나는 그제야 실감했다.

할머니를 땅에 보내 드리던 날 처음 알았다. 할머니께서 호빵을 좋아하셨다는 사실을. 그리고 처음 알았다. 아버지는 슬플 때 어떤 울음소릴 내는지를. 그 뒤로 아버지는 할머니 기일에도 울지 않으셨다. 대신 겨울이면 아버지는 당신도, 당신의 어머니도 좋아하시는 호빵을 잊지 않고 찾으셨다. 아버지는 호빵을 호호 열심히 불어 드셨고, 호빵을 남기는 일이 없으셨다.

손끝이 얼얼할 만큼 뜨거운 호빵. 그 속에 입천장이 다 데일 만큼 뜨거운, 눈물이 찔끔 나올 만큼 뜨거운 팥. 아버지는 그것을 삼키며 정말로 눈물을 흘리고 싶으셨던 건 아닐까. 호빵은 결코 차갑게 먹을 수 없는 음식이니까. 호빵을 드시는 아버지의 뒷모습은, 언젠가 내가 지닐 뒷모습이기도 했다.

# 아버지는 팥처럼 우셨다

「호빵」…54쪽

취사병 시절, 점심과 저녁 사이 간식을 만들기도 했습니다. 겨울에는 호빵을 이따금씩 쪄 냈는데요. 조리하기도 간편하고 개수를 나누기도 수월했습니다(사실은 제가 좋아해서). 갓 찐 호빵을 한입 물 때, 아버지의 흐느끼던 뒷모습이 몽글 떠올라 시심이 자연스레 싹텄어요.

이번 시는 아버지 삶의 한 슬픔을 그리는 시이기에, 기교를 최대한 부리지 않으면서 담담하게 써내려 갔습니다. 저의 내면 속에 흐르는 문장들을 갓 꺼내 느슨한 운율에 따라 물 흐르듯 행을 구분했어요. 대신 마지막에는 첫 연을 변주해서 안정감 있게 끝맺었습니다. 그런데, 제대하고 이 시를 다시 읽었더니 시 같지 않고 너무 평이한 거예요. 결국 시를 고치기로 했습니다.

그중 "팥처럼 우셨다"가 가장 고심해서 고친 구절입니다. 원래는 "깊이 우셨다"였는데, 너무 밋밋하더라고요. 아버지의 울음을 더 시적으로 만들 표현을 고민했어요. 호빵과 연관되면서도 슬픔의 속성을 전할 수 있는 무엇. 뜨거운 호빵. 아버지의 뜨거운 눈물. 호빵은 왜 뜨겁지? 안에 '팥'이 들었으니까. 그래서 "팥처럼 우셨다"라고 새로 써 보았고, 표현이 낯설면서도 보다 시다워서 지금처럼 고치기로 결정했습니다.

이 시를 쓰고 만지고 다듬으면서, 아버지 삶의 한 단면을 보다 서정적으로 추억할 수 있게 되었어요. 호빵을 먹는 일이 아버지에게는 당신의 어머니를 추억하는 일인 것처럼요. 이렇듯 그저 평범할지 모를 일상의 무엇이 한 편의 시로 쓰일 수 있다면, 일상적 순간이 보다 풍요로운 의미로 읽힐 거예요.

# 자판기 커피 두 잔

겨울의 드센 파도에 여객선이 쉬이 나아가지 못하고 네 시간 반이나 동해 위에서 출렁거렸다. 울렁이는 속을 붙잡고 곧바로 택시에 몸을 날려 포항역에 내렸다. 이제는 KTX를 타고 두 시간 반을 더 가야 하는 장장 여덟 시간의 여정이었지만, 고단한지도 추운지도 몰랐다. 집으로 가는 길이었으니까.

포항역 플랫폼에까지 내려왔을 때, 불현듯 불길한 예감이 찬바람처럼 볼을 때렸다. 기차를 놓친 것 같다! 휴대폰도 없어 발만 동동 구르다가, 저 멀리 붉은 경광봉을 들고 앉아 계신 안내원 할아버지를 발견했다. 플랫폼의 정적을 깨부수는 다급한 군화 소리에도 할아버지는 허리를 곧게 펴고 정면을 응시한 채 차가운 입김을 내뿜고 있었다. 나는 잠시 머뭇대다, 바로 옆 자판기에서 커피 두 잔을 뽑았다.

"안녕하세요, 커피 한잔 드시겠어요?" 인사를 건네자 할아버지는 누구도 말을 건 적이 없었던 듯 놀라셨다. 그러나 군복을 입은 앳된 얼굴을 보시곤 이내 따뜻한 미소로 커피를 받아 드셨다. 곧 올 기차가 맞는지 여쭈며 할아버지와 소담을 주고받던 중, 할아버지는 내 아버지의 나이를 물으셨다. "아버지 연세가 어떻게 되시노?" 이제 곧 예순이셔요, 하는 나의 대답에 할아버지는 아까와 같은 미소를 지으셨다.

안내음이 나오자 할아버지는 일어나서 사람들이 선로와 떨어지게끔 경광봉을 힘차게 흔드셨다. 그리고 나에게 이 기차를 타면 된다며 가리키셨다. 나는 남은 커피를 한입에 들이켜고서 감사 인사를 드리고 재빨리 기차에 올랐다. 창문 너머로 바라본 할아버지는 어느새 처음 보았던 자세 그대로 앉아 계셨다. 할아버지도, 당신 옆에 가지런히 놓인 커피 잔도 새하얀 입김을 몽글몽글 내뿜고 있었다. 집으로 가는 길, 기차에 따뜻한 커피 향이 내내 맴돌았다.

# 커피 한잔 드시겠어요?

저는 변화를 별로 좋아하지 않는 성격이었어요. 여행 가는 것도 딱히 즐기지 않을 정도로요. 그런데 군대에 입대하고 울릉도로 오게 되면서 제 인생의 틀 자체가 격하게 흔들린 거죠. 멀미 날 만큼 힘들었지만, 그 덕분에 바꾸고 싶어도 바꾸지 못했던 저의 경직된 모습들까지도 하나씩 깨지고 있었나 봐요.

[에세이]의 일화가 딱 그런 경우였습니다. 어디서 그런 용기가 샘솟았던 건지, 일면식도 없는 웃어른께 먼저 말을 건넨다는 건 붙임성 없던 저에게 상상도 못할 일이었습니다. 심지어 친근하게 다가가려 자판기 커피까지 드릴 줄이야, 제 스스로에게 정말 놀랐던 경험이었습니다.

그날의 경험 자체가 저에겐 이미 시에 가까웠어요. 그래서 이 경험을 문장으로 잘 옮기는 것만으로도 충분하다고 생각했습니다. 일기 쓰듯 힘을 뺀 채로 초고를 쓴 뒤, 일상에서 말하는 호흡 그대로 시행을 끊었어요. 그 당시 주고받았던 대화까지 시에 그대로 넣어서 그날의 이야기를 더 생생하게 살렸습니다.

더불어, 저를 아들처럼 따뜻하게 대해 주셨던 안내원 할아버지의 마음씨를 시에 담고 싶었어요. 그래서 시의 전반부에는 겨울의 추위를, 중반부부터는 커피의 따뜻함을 내세워 두 감각을 대비시켰어요. 찬바람이 부는 날에야 맞잡은 손의 따뜻함을 진정 알 수 있듯이, 시도 마찬가지니까요.

그 기차를 타고 올라오며 제 스스로를 달리 보게 되었습니다. 지금도 기차 플랫폼에 서 있을 때면 자판기 커피를 뽑던 앳된 제가 보이곤 해요. 그러면서 좀 더 용기를 가지고 살아야겠다 한 번씩 다짐합니다. 그때 그 할아버지께서도 편안히 잘 지내고 계셨으면 좋겠네요!

# 늙음과 울음 사이

다섯 달 만에 마주한 현관문은 아주 낯설었다. 첫 휴가의 두근거림으로 벨을 누르자, 경쾌한 도어락 소리와 함께 문이 열렸다. 환하게 웃고 있으신 나의 어머니, 어머니를 금방이라도 안으려 발을 내딛으려다, 우두커니 멈춰 버렸다. 어머니 눈가에 주름이 이렇게나 많았던가. 시간의 둑이 무너진 듯 어머니 얼굴 곳곳에 늙음이 쌓여 있었다.

나는 어머니가 영원히 늙지 않을 거라, 현관문을 열고 들어오면 언제나 젊은 미소로 나를 맞이해 주실 거라 철없이 믿고 있었던가. 어머니는 울릉도에서 돌아올 나를 기다려 주셨지만, 어머니의 세월은 나의 어리석음을 기다려 주지 않았다. 목구멍까지 왈칵 차오르는 울음을 군홧발로 꾹꾹 밀어 넣었다. 나는 허리를 푹 숙여 군화 매듭을 최대한 천천히 풀었다. 숨을 크게 삼키고 고개를 들었다. 나는 주름을 한껏 구겨 환하게 웃어 보였다.

일주일의 휴가 동안 어머니는 자꾸만 주름이 더 파이도록 웃고 또 웃으셨다. 울릉도로 돌아가는 날 묵호항으로 향하는 새벽 버스를 기다리던 마지막 순간만 빼고서. 도착한 버스 전조등에 스친 어머니의 미소는, 늙음과 울음 사이를 겨우 비집고 나온 듯 작고 힘겨워 보였다. 군화가 너무도 무거워 발을 뗄 수 없었다. 이제 가 볼게요, 어무니. 나는 자꾸만 넘쳐흐르려는 눈물을 몇 가닥 되지 않는 눈가 주름으로 틀어막고서 씩씩하게 웃어 보였다.

부대로 복귀한 뒤 아버지에게 먼저 전화를 걸었다. 울릉도에 잘 도착했어요, 아부지. 그래 다행이다, 고생 많았어. 아버지는 전화를 끊으시기 전에 나지막이 말씀하셨다. "새벽에 너 보내고 나서 네 엄마가 울더라." 그날 나는 새벽에 모포를 뒤집어쓰고 조금 오래 울었다.

# 어머니의 늙음을 퍼다 내고 싶지만

자신과 가까운 사람이 늙어 간다는 것은 슬픈 일입니다. 그 대상이 자신을 낳아 준 사람이라면 오죽할까요? 저는 어머니의 늙음을 시로 써서 그 슬픔을 조금이나마 승화시키고 싶었습니다.

늙음을 상징하는 '주름'에서, 그중 늙음을 가장 분명히 느낄 수 있는 부분인 '눈가'의 주름에서 구상을 시작했습니다. 주름진 곳은 살이 파이는데, 눈에서는 눈물이 나옵니다. 눈물이 흐르면 주름을 따라 흐를 테고요. 바로 여기서 '강'의 이미지를 떠올렸고, 시 전체를 가로지르는 핵심 심상으로 삼았습니다.

강물은 오래 흐를수록 더 깊어지고, 그 아래 더 많은 퇴적물이 쌓이게 됩니다. 그것이 '세월'이라는 심상으로 자연스레 이어졌어요. 바로 그 세월, 바로 그 늙음은 거스를 수 없고 되돌릴 수 없습니다. 이를 표현하고자 시어에 강물의 퇴적물과 같은 무게감을 부여했습니다. 세월은, 늙음은 겹겹이 쌓여서 너무나도 무겁다.

이 시에서 제가 가장 하고 싶었던 말은, 그럼에도 어머니의 늙음을 되돌리고 싶고 어떻게든 막고 싶은 자식의 마음이었어요. 결코 퍼낼 수 없을지라도 삽을 들고야 마는, 때 늦은 부끄러운 마음 말이에요. 이 마음을 표현하고 싶어 '퍼내다'의 한 단어 대신 '퍼다+내다'의 두 단어로 끊어 썼어요. 아주 미묘한 차이지만, 호흡이 한 번 더 나뉘기 때문에 퍼고 내는 행위가 강조될 수 있으니까요.

이 시구를 써 보는 것만으로도, 나아가 이 시를 쓰는 것만으로도 제 슬픔이 꽤 정화되었습니다. 그리고 이제 이 시를 꺼내 읽을 때마다 어머니가 늙어 간다는 사실을 잊지 않을 수 있습니다. 보다 덜 부끄러운 사람이 되어야겠어요.

# 두 미소

2층의 독서실 겸 휴게실에는 공용 컴퓨터가 두 대
놓여 있었다. 마침 한 자리가 나서 페이스북*
타임라인부터 얼른 훑어본 뒤 인터넷 서점으로
페이지를 옮겼다. 새로 나온 책들의 표지와 제목을
주욱 읽어 보며 장바구니를 채우던 중, 이해인
수녀님의 신간 『필 때도 질 때도 동백꽃처럼』이 눈에
띄었다. 어머니께서 참 좋아하시겠네.

   * 당시에는 페이스북이 거의 모든 연령대에서 가장 주요한
     소통 창구였다.

어머니는 10년 가까이 성당을 다니고 있으셨다.
어머니는 예수의 일대기는 잘 모르셨어도 그가
일생을 바쳐 설파했던 소중한 가치들은 일찍이
실천하고 계셨다. 어머니는 천주교의 교리를
공부하시다 이해인 수녀님을 알게 되셨고, 이내
수녀님을 정신적 스승으로 삼으셨다. 집에 있는
수녀님의 오래전 책에는 수녀님의 미소 띤 얼굴이
담겨 있었다.

미리보기를 클릭해 책을 한 장씩 넘겨 보았다. 표지엔
겨울을 견디는 동백꽃이 그려져 있었고, 작가
소개란에는 수녀님이 여전히 맑게 미소 짓고 있었다.
이어서 수녀님의 문장을 천천히 읽다 보니 문득
어머니와 함께 종묘를 보러 갔던 날의 풍경이
떠올랐다. 그때도 초봄이었다. 바람 끝에 아직은
겨울이 묻어 있던. 우리는 고요한 종묘를 천천히
거닐었다.

그날 종묘 지붕 위를 덮고 있는 초봄 하늘이 곧 깨질
살얼음처럼 투명하게 맑았다. 그 하늘 아래서
어머니는 내 모습을 찍어 주셨는데, 나를 바라보는
어머니의 웃는 모습이 맑고 사랑스러웠다. 참
닮으셨구나. 미소도, 문장도, 삶도. 나는 서울 집
주소를 써 넣고 결제하기를 눌렀다. 시집 사이로 만날
두 미소를 한껏 떠올리면서.

# 종묘 위에 떠 있는 하늘이

이해인 수녀님의 시집을 선물하며 어머니 생각이 많이 났어요. 특히 [에세이]에 썼듯, 계절이 같아서인지 어머니와 종묘를 나들이했던 추억이 몽글몽글 떠올랐습니다. 이 추억이 흐려지기 전에 얼른 시로 붙잡아 두고자 펜을 들었습니다.

한 가지 큰 고민이 있었어요. '종묘'라는 단어를 시에 넣을지 말지요. 그때에 저는 웬만해선 시에 특정 이름이나 장소명을 안 넣으려 했거든요. 시가 보다 보편적으로 읽히길 바라는데, 그런 구체적 대상이 등장하면 너무 개인적이다 느껴질까 봐요. 공감의 범위를 스스로 제한하는 건 아닐까 걱정했던 거예요.

'종묘'를 대체할 표현 먼저 생각해 봤습니다. 가령 "봄 위에 떠 있는 하늘"처럼요. 그런데 그날 어머니와 종묘를 거닐던 추억이 너무나 애틋해서, 그 단어를 꺼내지 않으면 시가 시작되지도 못할 것 같았어요. 그래서 "종묘 위에 떠 있는 하늘이"라고 쓰고 나니 맑다, 사랑스럽다, 부드럽다 등의 예쁜 어휘들이 맘속에 바람처럼 저절로 불어왔습니다.

이어서 그날의 감성을 어떻게 상징적으로 표현할지 고민했어요. 수녀님의 시집 덕분에 그날을 떠올렸듯, 그날의 아름다운 풍경은 사실 '시집'과 아주 닮아 있었어요. 시집은 맑음과 깨끗함을 상징하니까요. 이에 '아름다운 것을 추억하는 행위'는 곧 '시집을 사는 행위'와 다르지 않겠다 생각했고, "시집 한 권" 이라는 제목의 이 시가 탄생했습니다.

이따금 부모님댁에 놀러 가면 거실의 작은 서재에 그 시집이 꽂혀 있습니다. 시집의 앞장에는 "작은아들에게 선물 받았습니다. 행복합니다."라고 어머니께서 써 놓으셨어요. 시집 선물해 드리길 참 잘했다는, 그리고 이 시 쓰길 참 잘했다는 생각이 듭니다. 과장 좀 보태서, 이제 영구적으로 추억할 수 있으니까요.

# 섬으로 가는 길

"네가 울릉도로 가게 될 거야." 자대에 들어간 지
일주일 정도 됐을 무렵, 나와 동기 한 명을 부른
상사님은 나를 가리키며 말했다. 학교 지리 시간
이후로 처음 듣는 '울릉도'의 발음이 너무나 낯설어서
마치 외국처럼 느껴졌다. 네가 적응을 잘할 것 같아
보내는 거야, 할 수 있겠지? …… 네, 알겠습니다.

그날 저녁 어머니께 전화를 드렸다. 저 울릉도로 가야
한대요. 울릉도는 갑자기 왜 가니? 그냥 그렇게
됐어요. 다음 날부터 나는 열외로 빠져 내 침대 위에
가만히 앉아 있었다. 그러나 이미 섬으로 가는 배
위에 있는 것처럼 갖은 상념이 출렁거렸다. 멀미가
일어서 정신을 딴 데로 돌려야 했다. 내무반 구석의
책장에서 가장 분량이 긴 책을 찾았다. 그렇게
1500쪽이 넘는 장편 소설*을 며칠 만에 해치웠다.

> \* 일본 사회파 추리 소설의 대가 미야베 미유키의 『모방범』.
> 뛰어난 흡입력에도 너무 길어서 끝까지 읽기가 쉽지 않다.

마침내 울릉도로 향하는 수요일. 오랜만에 들이쉰
바깥 공기에 왠지 모를 해방감이 온몸으로 퍼졌다.
인솔자와 함께 울릉도행 배에 올라탔다. 얼마 안 있어
배 안은 등산복을 입고 아이처럼 신나 보이는
어른들의 무리로 북적거렸다. 같은 곳을 향해도 나의
울릉도와 저들의 울릉도는 같지 않겠지. 잠깐의
해방감은 날숨으로 모두 빠져나가고 말았다. 나는
창밖 망망대해만 하염없이 쳐다보았다.

네 시간 넘게 출렁인 배가 서서히 멈춰 섰다. 경쾌한
등산화 소리들 속 둔탁한 군화 소리가 이방인처럼
느껴졌다. 처음 마주한 울릉도의 풍광은 너무나
아름다웠다. 그러나 나는 숨이 막혔다. 너무나 긴
소설의 시작점에 서 있구나. 이내 내가 온 거리만큼의
긴 숨을 쏟아 냈다. 가야지. 그래도 가야지. 숨을 멈출
수 없듯이, 숨처럼 가야지. 온 힘을 다해 숨을 한 번
크게 들이쉬었다. 나는 마주한 섬의 첫 페이지 속으로
걸어 들어갔다.

# 선홍의 미닫이문 지나

울릉도에서 쓴 제 시는 구체적인 체험으로부터
시상이 비롯된 경우가 대부분인데요. 이 시는 순전히
"선홍의 미닫이문"이라는, 맘에 번뜩 찾아온
표현으로부터 시작되었어요. 이 표현이 맘에 쏙
들어서 어떻게든 시 한 편으로 만들어 내고
싶었습니다.

"선홍의 미닫이문"은 바로 입술입니다. 단순한
물음부터 시작했습니다. 무엇이 입술이란 문을
들락거릴까? '숨'이죠. 숨에도 여러 종류가 있습니다.
짧은 숨, 긴 숨, 한숨, 가쁜 숨, 내뱉는 숨,
들이마시는 숨…… 그중 저는 '날숨'과 '들숨'을
골랐습니다. 서로 완전히 반대되면서도, 둘 중
하나라도 없으면 안 되는 묘한 불가분의 관계여서요.

날숨과 들숨의 이런 시적인 관계를 표현해 보기로
했습니다. 먼저 이 둘을 '너'와 '나'의 관계, 상대를
편하게 부를 정도의 친밀한 사이로 설정했어요.
그러면 둘 중 무엇이 '나'여야 좋을까요? 날숨이
언제나 떠나는 쪽이라면, 들숨은 언제나 붙잡는 쪽이
됩니다. 그러니 들숨의 시점에서 시가 쓰여야 더
절절하겠다 싶어 들숨을 '나'로 정했어요.

들숨에 이입해서 이야기를 본격적으로 만들어
나갔습니다 — 날숨이 그리운 들숨은 자꾸만 숨을
몰아쉰다. 그러나 언제나 날숨과 이별할 수밖에 없는
들숨은 숨이 가쁘도록 아프기만 할 뿐이다. 그럼에도
들숨은, 끝없는 사랑을 위해 숨을 멈추지 않는다.
사람이 살기 위해선 숨을 멈출 수 없듯이.

통속적인 로맨스 같지만, 그래서 누구나 공감할 수
있는 이야기겠단 생각에 충분히 만족스러워하며 시를
완성했습니다. 뚜렷한 경험적 계기 없이 차근차근
완성해 나간 시여서인지 보다 애정이 가는 시입니다.
온전히 자신의 마음으로 시 한 편을 탄생시키는 일,
자존감을 높이는 아주 근사한 방법인 것 같아요.

# 편지를 시작하는 마음

훈련소에서 맞는 첫 주말, 갑자기 종이 박스를 하나씩 나눠 주었다. 입소할 때 입었던 옷과 신발 등을 집에 보내야 하니 각자 짐을 싸라는 것. 텅 빈 박스 앞에서 모두들 그보다 더 빈 현실을 실감했다. 이제 정말 집으로 갈 수 없구나. 서걱서걱 골판지 긁히는 소리만 이어질 즈음, 불쑥 편지지 두 장을 나눠 주었다. 집으로 보낼 박스에 함께 넣을 편지였다.

접이식 책상을 펴서 편지지를 가지런히 올렸다. 그러나 "부모님께"를 적고는 한참을 펜 뚜껑만 뺐다 낄 뿐이었다. 무슨 말부터 드려야 하지. 도대체 첫마디를 어떻게 시작해야 하나. 저는 잘 있습니다, 아니 이곳은 참 힘겹습니다. 오늘 날씨는 어떠신가요, 아니 그곳이 너무 그립습니다. 편지를 쓸 시간이 얼마 안 남았을 때에야 첫마디를 뗐다. 잘 지내시나요? 무더운 여름이 다가옵니다.

훈련소 기간 동안 어머니는 매일같이 인터넷 편지를 써 주셨다. 하루 동안 카페에 쓰인 편지들을 그날 저녁 한꺼번에 출력해 돌렸는데, 내무반에 종이 뭉치가 오면 모두들 자신에게 온 편지를 찾느라 정신없었다. 모든 편지가 A4 용지에 기본 고딕체로 출력되어 있었지만 나는 첫마디만 보아도 어머니 편지를 골라낼 수 있었다. 왜일까, 그냥 어머니 목소리가 생생하게 읽혔다.

편지의 첫마디는 늘 새로웠다. 오늘 날씨는 어땠는지, 훈련은 괜찮았는지 가볍게 묻기도 하셨고, 하루는 당신의 일상을 길게, 또 하루는 짧은 시 한 편을 적으셨다. 얼마나 오랫동안 깜빡이는 커서 앞에 앉아 계셨을까, 어머니는. 어머니는 언제나 내일을 기약하며 편지를 끝맺으셨다. 나는 내일 올 편지를 읽으려 텅 빈 오늘을 꿋꿋이 채워 나갔다. 편지를 시작하는 마음을 지켜 드리고 싶었기에.

# 계절이 있어 다행입니다

군생활할 때만큼 편지를 많이 쓰고 받아 본 적은 없었던 것 같아요. 자연스레 편지라는 매개체가 지닌 힘에 대해 생각해 보게 됐고, 편지를 쓰는 마음이 얼마나 고귀한 것인지 알게 되었죠. 그 마음을 시로 표현하고 싶었습니다.

편지를 쓰는 이의 애틋한 마음을 무엇으로 대변할 수 있을지 고민했어요. 만약 그 마음이 너무나 간절하다면, 그래서 편지지 한 줄 한 줄이 아깝고 소중해서 어떤 말을 담아야 할지 밤새 헤아려도 모자르다면, 그 사람은 첫마디도 못 쓴 채 지쳐 잠들지 않을까요? 이에 시의 핵심 심상을 '첫마디'로 잡았습니다.

어찌 됐든 편지는 써야겠죠. 제가 썼던 편지들을 떠올려 보니 첫마디로 편지를 쓰던 날의 계절을 자주 언급했더라고요. 어떤 이든 편히 공감할 수 있는 안온한 인사말이라 생각했던 거예요. 세상에 계절이 없었다면 어쩔 뻔했나 싶었죠. 그래서 시의 첫마디에 고스란히 썼습니다. "계절이 있어 다행입니다."

시의 첫마디를 쓰고 나니 꼭 편지를 쓰는 것만 같았어요. 그 감성을 이어 가다 시의 마지막에선 핵심 심상인 첫마디의 의미를 확장시켰습니다. '편지 쓰기'라는 일상의 구체적 행위에서 '살아가기 (인생)'라는 일생의 근원적 행위로요. 편지는 받는 사람에게도 그리고 주는 사람에게도 삶을 계속 살아갈 생명의 힘을 불어넣어 주는 매개체일 테니까요.

사실 이 시를 쓰는 데 꽤 오랜 시간이 걸렸습니다. 편지 쓰는 마음을 저만의 언어로 표현하려니 막상 잘 안되더라고요. 누군가를 오롯이 위하는 마음, 그 마음은 이 글을 쓰는 지금도 여전히 낯설게 느껴집니다. 오늘 밤에는 편지를 한번 써 볼까 봐요.

# 봄을 절이다

그늘진 곳에 여전히 눈이 숨 쉬는 초봄이었다. 점심 취사를 마친 뒤 봄바람을 쐬러 옆문으로 나왔는데, 업소용 간장 대여섯 통과 3kg 설탕 봉지 여럿이 덩그러니 놓여 있었다. 이어서 막 지하 창고에서 올라오는 간부님의 손에는 대용량 스테인리스 들통이 들려 있었고, 간부님이 눈으로 가리킨 뒤편에는 커다란 양파망이 벽에 기대어 있었다. 취사병의 직감이 속삭였다. 누가 저 양파를 썰지?

반팔 취사복으로 다시 갈아입은 뒤 심기일전으로 깍둑썰기에 돌입했다. 나름 단련된 줄 알았던 두 눈은 수북히 쌓인 양파 앞에서 봄비가 그칠 줄 몰랐다. 얼얼한 손목을 주무르며 옆문으로 나오자, 들통이 간장으로 가득 채워진 채 아담한 버너 위에 위태로이 올려져 있었다. 간장 속 설탕이 잘 녹게끔 계속 저어 주어야 했는데, 긴 국자를 쥐고서 조심조심 휘저으니 양파를 절이기도 전에 내가 땀으로 절여져 갔다.

간부님은 분주히 버너와 작은 들통을 더 가져오고는 간장과 설탕을 마저 부으셨다. 버너의 화력이 작아 한참을 기다려서야 기포가 터졌고, 짭조름한 냄새가 봄바람에 실려 은은히 퍼져 나갔다. 큰 들통에 넣고도 양파가 남아 작은 통에 부으려는데 간부님이 손을 내저으셨다. 그리고 보물처럼 꺼내신 것은 울릉도산 명이 나물! 골고루 간이 배도록 긴 국자로 속을 뒤집어 주니 어느덧 달짝지근해진 향에 쌉싸름한 마늘 향이 더해져 봄이 향그러웠다.

이제 뚜껑을 덮고서 시원한 지하 창고에 내려 두었다. 마지막 계단을 올라오니 취사복 소매로 봄바람이 솔솔 불어왔다. 땀방울이 살살 마르며 등줄기로 산뜻한 기분이 머물렀고, 한껏 들이마신 공기 속에는 겨울과 봄 사이 특유의 설레는 냄새가 배어 있었다. 다 쓰고 가벼워진 간장 통을 치우며 나는 더 맛있어질 봄을 맘껏 상상했다. 당분간 반찬 걱정도 덜었다.

# 내리지 않는 풍경조차

모든 봄이 아름답다 해도, 아파트 건물에 둘러싸인
봄과 달리 동해에 둘러싸여 맞는 봄 풍경은 향기의
밀도부터 확연히 달랐습니다. 울릉도에 와서야 알게
된 봄의 더 진한 운치와 그 기쁨을 시로 남기고
싶었어요.

시의 마음으로 주변 풍경을 돌아봤습니다. 겨우내
사방을 덮었던 눈이 조금씩 녹으면서 땅이 물기로
젖어 있었고, 촉촉한 땅에 햇빛이 비쳐 반짝거렸죠.
그 모습이 '봄비'가 내린 듯 청아하다 느꼈는데, 그
단어가 주는 부드럽고 상냥한 느낌이 좋아 봄비로
시를 시작하기로 했어요.

시와 어울리는 봄비는 어떤 봄비일까요. 밝은 낮에
내리는 비보다 잠자리에 누워 밤새 감상할 수 있는
비가 더 이쁘리라 처음에 생각했어요. 그러다 생각을
뒤집었습니다. 봄비가 내릴 때가 아니라 봄비가 그친
다음 날이, 그러니까 그것이 부재할 때 오히려 더
아름다움이 생생해지지 않을까. "내리지 않는
풍경"을 말함으로써 각자만의 봄 이미지로 채울 수
있는 빈 공간을 시 속에 마련했습니다.

첫 연에서 봄비로 잡은 분위기를 '햇살'로
이어받았어요. 봄 동안 생명이 자라려면 물 다음으로
빛이 필요하고, 봄의 따스함을 표현하는 데 햇살이
제격이니까요. 그리고 마지막 연에서 봄비와 햇살의
이미지를 한데 엮어 "땅에 고인 햇빛"이라고 쓰고,
그것을 밟는 행위를 통해 봄을 몸소 느끼고픈 마음을
담았습니다.

봄이 다가오는 경쾌함, 그 속의 희망을 친밀하게
전하고 싶어 반말을 선택했어요. 이렇게 반말로
사근사근하게 쓴 시는 이 시가 유일해요. 쓰면서도 좀
낯간지럽긴 했지만, 아무래도 봄은 그래도 되는
계절이니까요!

# (제목 없음)

아무렇게나 선을 찍 긋는다 긋다가 아무 데서나
매듭처럼 한 바퀴 짧게 돌려 수직으로 선을 잇는다
잇다가 또 한 바퀴 감아 아래로 긋는다 아무 의미
없다 아무 생각 없다 어릴 적 생각 없이 그리던 검이
생각나네 어느 만화에 나오던 만화같이 머리가
삐죽삐죽하고 정의로운 주인공이 검의 몸체 가운데
구슬을 끼면 힘이 생기던 '龍'이 적힌 구슬을 끼면
가장 세고 멋지던 조심해 이곳에서 검을 그려선 안 돼
허가된 무기 외 소지하면 군법에 위배되니까 나는
은밀하게 들여온 플러스펜에 '詩'가 적힌 마음을 끼워
쓴다 여태껏 만난 내 모습 중 가장 멋지고 맘에
드는데 어제 쓴 시는 도통 맘에 안 든다 그냥 낙서
같다 낙서보다 못할까 봐 두 줄을 찍찍 긋고 그 옆에
진짜 낙서라도 할까 직선과 곡선을 알맞게 붙이고
이으면 글자가 되는데 글자를 이어 붙인다고 시가
되진 않잖아 낙서에서 시가 될 수 있을까 지금껏 쓴
시는 낙서에 불과한 건 아닐까 나중에 시집을 책을
낼 수 있을까 나에게 책을 빌려 달라고 부탁하던
친구가 낙서처럼 떠오르네 학교 도서관은 이미
대출이 꽉 찼다고 자기는 서울에 주소지가 없어서
서울 시립 도서관을 이용하지 못한다고 어떨 땐 전공
서적 어떨 땐 소설 전역하면 물어보고 싶어 왜 시집은
빌리지 않니 내가 쓴 시가 있는데 시가 맞는지 한번
읽어 줄래 왜 나에게 책을 빌리는 거니 아니 나는 왜
너에게 책을 빌려주는 걸까 이 이야기가 한 권의 책이
되기를 바라서일까 어느새 나는 얼굴선 목선
어깨선을 그리고 눈 코 입까지 그리면 더 이상 낙서가
아니게 될까 봐 조심해 사방이 바다로 막힌 이곳에서
미소를 그려선 안 돼 나에겐 아직 자유가 허가되지
않았으니까 나는 사방이 비어 있는 작은 노트 속에서
낙서 같은 사소한 은밀한 자유를 누린다 아무 의미
없어도 괜찮다 낙서 같은 생각이 시가 될 수 있다면

# 출발한지도 모른 채

스마트폰도 없는, 공용 컴퓨터가 두 대뿐인 곳에서
제가 마음껏 쓰고 지울 수 있는 세상은 작은 시작
노트 위였어요. 그렇게 키보드가 아닌 연필과 펜으로
손수 쓰다 보니 잊고 있던 낙서의 습관이 조금씩
되돌아왔습니다. 눈 깜짝할 새 그려 놓은 낙서들을
보며 불현듯 이것을 소재로 시를 써 보자 싶었죠.

애초에 강렬한 경험에서 비롯된 시상이 아니기에,
시의 맛을 살리고자 운율을 만드는 데 신경 썼어요.
우선 '○○코' 형태의 단어들을 배치해 반복되는
리듬을 만들었습니다. 이 형태를 택한 이유는 사실
단순해요. 어쩌다 알게 된 '한사코*'라는 단어의
발음이 괜스레 독특해서, 이 단어를 시에 꼭 써 보고
싶었거든요. 그에 맞춰 '무심코'와 '잠자코'라는
단어도 찾아낸 거예요.

> * '죽기로 기를 쓰고'라는 한사코의 사전적 뜻을 생각하면
> 4연은 어색한 문장일 테죠. 그러나 시는 표준과 규범에서
> 보다 자유로울 수 있는 언어 유희 아니겠어요? 또 모르죠,
> 저의 직감에서 비롯된 일탈이 누군가에게 신선한 해석으로
> 다가가 언어의 확장을 일으킬지도요!

1연과 3연, 2연과 4연은 마지막 낱말뿐만 아니라
글자 수와 띄어쓰기 개수까지 똑같이 맞췄어요.
나아가 1연과 3연은 'ㅡ'와 'ㅗ'밖에 다르지 않은데요.
시어를 고민할 때부터 모음이나 자음 하나만 차이
나게끔 의도했기 때문이에요. '그치다'라는 단어가
떠올랐을 때, '스치다' '그리다' '고치다'와 같이 나열해
보고는 시의 내용과 어울리는 짝을 고른 것이죠.

그래서 낙서가 무엇인지 저만의 의미를 만든다면,
잠에 빠져드는 그 몽롱한 순간과 같다고 생각했어요.
낙서도 잠도, 우리가 언제 그 상태에 빠져들었는지
의식하지 못하니까요. 이 둘을 연결 지은 발상이 맘에
들었기에 시의 후반부에서 잘 풀어 내고 싶었고,
동시에 시의 전반부와도 각을 맞추고 싶었어요.
그래서 2연의 '도착'을 뒤집은 단어 '출발'을 써서
낙서의 의미를 시적으로 담아냈습니다.

# 어디에서 오는지 모를

아침부터 심상치 않았다. 열감으로 온 얼굴이 들떴고, 오른쪽 잇몸이 시큰시큰 아려 왔다. 아침밥을 먹을 수 없을 정도로 잇몸이 붓자 근처 보건소로 내려갔다. 의사 선생님은 아무래도 사랑니에 염증이 생긴 것 같다며 진통제를 처방해 주었다. 나는 적잖이 당황스러웠다. 몇 년 동안 한 번도 아픈 적 없었는데, 도대체 왜 지금에서야.

모두 일하러 나간 내무반은 텅 비어 있었다. 나는 홀로 침대에 누웠다. 얼굴은 뜨거운데 몸은 추워 모포를 어깨 끝까지 덮었다. 불현듯 몸서리치는 치통에 몸이 저절로 쪼그라들었다. 사랑니는 구석진 그 좁은 자리를 더 이상 참지 못했던 걸까. 조금만 더 참지 그랬어. 턱을 꽉 다물며 쓰라림을 억눌러도 봤지만, 더욱더 옥죄어 오는 아픔에 얼굴을 베개에 한껏 묻었다.

그러자 사박사박 소리가 들렸다. 발자국 소리인 줄 알고 고개를 들었는데 아무도 없었다. 옆으로 누우면 귀에서 나는 소리가 유난히 크게 들렸던 것이다. 반대쪽으로 누워도 마찬가지였다. 멈출 기미가 없는 이 소리처럼 치통이 골에 울렸다. 렉이 걸린 듯 똑같은 구간만 반복되는 고통에 괴로웠고, 강제 종료 기능조차 없는 현실에 서러워졌다.

귀에 울리는 저벅저벅 소리는 내 맥박 속도와 같았다. 그 속도에 발을 맞춰 뚜벅뚜벅 슬픔이 걸어왔는데, 그렇다면 내 슬픔은 어디에서 오는 것일까. 귀일까, 사랑니일까, 아니면 심장일까. 어디에서 오는지 몰라도, 오늘만은 제발 지나쳐 가 주길. 다행히 진통제 효과가 조금씩 오고 있었다. 나는 잠에 들었다.

# 오시는 발자욱 소리

아프면 서럽습니다. 군대에서 아프면 정말
서럽습니다. 집에 갈 수도 없는 외딴 섬에서 아프면,
그렇게 세상 서럽고 슬플 수가 없어요. 울릉도에서
지내며 몇 번 크게 아팠던 적이 있었는데, 그때의
애통한 심정을 어떻게든 쏟아 내야 버틸 수 있을 것
같았어요. 다행히 제 옆엔 '시'라는 탁월한 마음의
도구가 있었죠.

시의 뼈대를 무엇으로 세울까 고민했는데, [에세이]에
썼듯 귀 안에서 나는 소리가 발자국 소리로 들렸던
경험을 살려 보기로 했어요. 얼마나 정신없었으면
그때 그걸 헷갈렸나 스스로 우스우면서도 안쓰러워
한동안 계속 생각이 났거든요. 동시에 그 착각이 나름
신선하고 시적이다 싶었습니다.

그런데 시에서 저의 경험을 곧이곧대로, 사랑니
때문에 아팠다고 표현하면 시 쓰는 맛이 없죠. 제
아픔의 감정을 보다 보편적이면서 극적인 상황에
빗댔습니다. 이 발자국 소리는 '여전히 못 잊은 옛
연인의 발소리'라고 말이에요. 애써 잊고 살던 밤,
갑자기 들려오는 그이의 발걸음 소리. 그러나
가까워지지도 멀어지지도 않는 그 사람과의 거리.

이별에 슬퍼하는 화자에 몰입해 시를 쓰다 보니
신기하게도 제 감정이 조금씩 차분해졌습니다. 시를
다 썼을 때는 한바탕 울고 난 것처럼 속이
후련했어요. 눈앞의 감정에 바싹 밀착되어 있다가,
시를 씀으로써 비로소 한발 멀리서 '읽을' 수 있게 된
것이죠. 다시금 시 쓰길 참 잘했다고 생각한
시입니다. 직접 써 봐야 알 수 있는 짜릿한
해소감이에요.

# 야행성 슬픔

부었던 오른쪽 사랑니가 가라앉고 일주일쯤
지났을까, 아침부터 또 심상치 않았다. 얼굴을 덮쳐
오는 열감에 혹시나 왼쪽 사랑니도 혀로 훑어 봤지만
어느 쪽에도 붓기는 없었다. 대신 눈이 부어 뜨기가
어려웠고 팔다리가 축축 처졌다. 몸살이었다.

종일 침대에 누워 쉬었기에 이번엔 쉬이 지나가나
싶었다. 그러나 몸살의 고통은 야행성이었다. 고통은
밤이 짙기를 나보다 더 성실히 기다렸다. 들뜬 눈을
겨우 달래 잠에 막 들 때쯤, 고통은 어둠을 헤치고
나와 내 종아리부터 덥석 물었다. 잠은 저 혼자 멀리
달아나 버렸고, 야생 뱀의 맹독처럼 퍼지는 고통에
나는 침대에 모로 웅크려 종아리를 한없이 주물렀다.

종아리의 고통은 조금씩 몰아냈지만, 기민한 몸살은
이내 종아리를 주무르던 팔을 덮쳤다. 오른팔로
왼팔을 주무르면 곧이어 오른팔이 쑤셔 왼팔로
주물기를 반복했다. 그러는 사이 몸살은 어느새
혈관을 타고 온몸으로 퍼졌다. 끙끙 소리가 입속까지
가득 고였지만, 고단한 하루를 보냈을 옆 동료를
깨우고 싶지 않아 나는 입술을 꽉 물었다.

아무것도 보이지 않는 밤이었다. 그런데도 좁은 침대
위에서 목덜미를 물린 초식동물처럼 발버둥치는 내
모습만은 또렷이 보였다. 슬픔이 내 마음을 소리 없이
물었다. 내 슬픔도 야행성인 듯싶었다. 이름은
몸살인데 왜 마음까지 아파지는 건지. 더 이상 주무를
힘도 없어서 저린 팔 위에 들뜬 얼굴을 올렸다. 팔을
베고 있는지 눈물을 베고 있는지 모를 밤이었다.
시커먼 밤이었다.

# 눈물이 저린다

「귓엣소리」에 이어 곧바로 쓰게 된 시예요. 2주 연달아 아프고 나니 서러움이 원망으로 번지더라구요. 그래서 이전 시의 화자는 아직 그리워하는 마음이 더 컸다면, 달라진 제 감정이 투영된 이번 시의 화자는 이제 떠난 사람을 원망하는 단계에 이릅니다.

깜깜한 밤 홀로 누워 있는 화자에게는 연인과 함께 누워 행복했던 순간들이 자꾸만 떠오를 텐데요. 그중 저는 '팔베개'를 시의 소재로 삼았습니다. 밤새 팔이 저려도 그 정도 고통쯤은 아무것도 아니라는, 당신을 위해서라면 나의 몸을 언제든 내어놓을 수 있다는 희생의 증표 같은 행위라고 생각했거든요.

그렇기에 팔베개 없는 빈자리는 더욱 아픔으로 다가올 거고, 화자는 어떻게든 이별의 이유를 찾아 자신의 감정을 쏟아 내고 싶을 거예요. '팔 저린 걸 못 참아 떠났구나.' 하고요. 얼토당토않은 이유겠지만, 오히려 그럴수록 화자의 슬픔은 더 깊어질 테죠.

점점 격해지는 마음에 이내 눈물이 고입니다. 그러나 펑펑 울어 버리면 스스로 초라해 보일까 봐, 화자는 눈을 질끈 감아 눈물을 삼키는데…… 이야기가 여기까지 다다랐을 때, 눈을 꼭 감는 행위와 '저린다'는 감각이 시적으로 이어질 수 있음을 발견했어요. 흘러야 할 피가 꽉 눌려 흐르지 못하듯, 흘러야 할 눈물이 눈의 위아래에 꽉 막혀 흐르지 못하니까요. 그래서 시의 마지막에 썼습니다. "눈물이 저린다."

이처럼 저보다 더 슬프고 아픈 화자에 이입하다 보니 제 스스로를 향한 위안이 샘솟았습니다. 제 마음속 감정의 응어리를 시에 던져 냄으로써 현실을 살아갈 새로운 마음을 얻은 것이죠. 저에게는 이 시를 쓰는 과정이 펑펑 우는 것과 같았거든요. 시는 신비하게도 마음의 치유제가 될 수 있습니다.

# 인연의 씨앗

제초 작업은 여름이 쏟아져 온 이래 계속 이어졌다.
45도 이상 기울어진 비탈길은 제초기를 쓸 수
없었기에 동료들과 나는 낫 한 자루씩 들고 비탈길에
달라붙었다. 여름의 뙤약볕 아래 자라는 덩굴
잡초들은 줄기가 질겼다. 그래서 허리를 푹 숙인 채
가까이서 흙을 살펴야 했는데, 무성한 잎들을 들춰 그
아래 덩굴 줄기를 더듬다 보면 흙에 나 있는 갖가지
식물들과 자연스레 마주했다.

이름 모를 풀들은 저마다 잎의 생김새가 달랐고, 이름
모를 꽃들은 손톱 크기만큼 작았다. 그들에게도 나는
이름 모를 존재였는데, 존재하는지도 몰랐던 서로가
만난 이 찰나의 순간은 우연일까 인연일까. 모두
어디로부터 왔고 또 어디로 가는 걸까. 사이사이
씨앗을 한 움큼 품은 민들레도 펴 있었다. 나는
바람이 부는 방향으로 줄기를 훑어 씨앗들을 날려
보냈다.

잠시 허리를 펴고 물 한잔 마시러 비탈길 아래로
내려갔다. 젖은 땀을 말리려고 보니 바짓단과
팔토시에 작은 열매 같은 씨앗들이 잔뜩 달라붙어
있었다. 땀 때문인가 했더니 씨앗 끝에 갈고리 같은
가시들이 나 있었다. 옷깃만 스쳐도 인연이라는데,
너희는 내 옷소매를 한껏 움켜쥐고 있구나. 나는
가시가 상하지 않게끔 살살 털어 내려 했다. 그런데
함께 붙어 있는 민들레 씨앗이 보였다.

내가 서 있는 곳은 시멘트 바닥이었다. 나는 주변을
돌아보았다. 그리고 민들레가 피지 않은 흙을 찾아 그
위에다 민들레 씨앗을 조심히 내려놓았다. 내년
초여름이면 이 흙에서 말간 민들레가 한 무리
피어날까. 그때는 내가 이곳에 없겠지만, 민들레꽃은
여기서 찰나의 인연을 기다리리라. 다시 비탈길로
오르는 길, 마음속에 민들레꽃이 미리 폈다. 처음보다
낫질이 무뎌졌다.

# 인연에 서툰 사람입니다

울릉도살이를 하며 저를 둘러싼 인연에 대해 자주
생각하곤 했습니다. 입대한 것도 울릉도에 온 것도,
제 힘으로 어찌할 수 없는 상황 속에서 저는 2년
가까이 견디고 살아 내야 했죠. 그러니 제 옆에 있는
존재들이 참 묘하고 기이하게 느껴졌달까요. 원래
이렇게 만날 연이었을까 하고요.

바람 따라 날리는 민들레 씨앗을 보며 생각의
연장선을 그어 나갔습니다. 나는 그동안 나와
맞닿았던 많은 인연들을 어떻게 대하던 사람이었나.
그 인연들을 아낌없이 소중히 대할 줄 아는 사람,
그러니까 민들레 같은 사람이었을까. 음……
아니었어요. 예라고 대답할 수 없었죠.

나는 참 인연에 서툰 사람이었고 여전히 서툴구나,
하는 생각이 들었어요. 이러한 자아 성찰을 첫 행에
그대로 써 놓으며 시를 열었습니다. 이어서 저의
서투름을 시 속에 그려 보았어요. 옷깃이 스쳤지만,
굳게 다짐도 해 봤지만 마음먹은 만큼 마음을 쓰지
못했던 제 모습을요.

하지만 제가 아무리 서툰 사람이어도, 사람이든
생명이든 혹은 사물이든 제 옆엔 항상 무언가
존재한다는 걸 시를 써 가면서 깨달았습니다. 가뿐한
몸짓으로 찾아온 어느 민들레 씨앗처럼, 어디서
왔는지는 몰라도 저에게 닿았다는 사실 자체가
얼마나 경이롭고 감동적인 일인지요. 이 깨달음은
"그러나"를 기점 삼아 시의 후반부에 펼쳐 냈습니다.

한 동료에게 우연히 이 시를 보여 줬는데, 그가
"인연에 서툰 사람"이라는 표현을 꽤 오래도록 기억해
줬어요. 그래서일까요, 민들레 씨앗이 날리는 계절만
오면 이 시와 함께 그 동료가 꼭 떠오릅니다. 그의
가슴에 제 시가 여전히 피어 있을까요? 그랬으면
좋겠네요. 저도 제 시도, 아직 인연으로 남아 있기를.

# 붉은 별의 시간

행정실 창문 너머 저녁 노을이 차츰 저물고 있었다. 야간 당직을 서는 날은 노을이 하루의 끝이 아니라 시작이었다. 그러다 저녁을 먹고, 청소하고, 점호를 끝낸 동료들과 잠깐 얘기를 나누고 나면 노을은 어느덧 온데간데없고 컴컴한 어둠이 하늘을 채색한 뒤였다.

자정을 알리는 알람에 보드마커를 들고 각종 현황판의 날짜를 바꿨다. 그리고 자리에 앉으면 분명 졸음이 한바탕 쏟아질 것이기에 바깥바람을 쐬러 나갔다. 부대에서 기르는 백구도 책상 아래에 웅크려 있다가 나를 따라 나왔다. 칠흑빛으로 짙어 가는 울릉도의 밤은 노이즈 캔슬링 기능을 켠 듯 고요했다. 별이 바람에 스치는 소리가 들릴까, 나와 백구는 밤하늘의 밝은 별들에 귀 기울였다.

별이 잘 보이는 조건은 깨끗한 시야가 아니라 깨끗한 적막인 듯싶었다. 나는 어느 시인처럼 별을 헤아려 보다가 푸른 별들 사이 붉은 별 하나에 눈이 멈췄다. 노을은 진작에 졌는데, 노을과 똑 닮은 색이네. 노을이 덜 지워졌나 봐. 붉은 별은 늙은 별이라던데, 나는 어떤 색으로 늙어 갈까? 별별 생각을 하다 보면 어느새 잠이 깼다. 백구는 별을 물고 오려는 듯 정문 밖으로 멀리 나갔다가 졸린 발걸음으로 돌아왔다.

백구는 행정실 책상 아래서 깊이 잠들었고, 잠들 수 없는 나에게는 관례적인 보고와 관성적인 독백만이 밤사이 남은 업무였다. 나의 새벽 독백은 상상과 상념 사이, 그리움과 괴로움 사이를 수없이 오갔는데, 마음속의 별들을 다 못 헤는 동안 시간은 흐른다기보다 닳아 없어졌다. 붉은 별도 이때서야 지워지는 걸까. 어느덧 어둠은 온데간데없이, 수평선 너머로 붉은 태양이 떠오르고 있었다.

# 새벽처럼 닳은 뒤였다

약 6개월간의 취사병 생활을 마치고 저는 행정병으로 보직을 바꿨습니다. 그때부터 일주일에 한 번꼴로 야간 당직을 서야 했지만, 10시면 자야 하는 이곳에서 야간 당직은 혼자만의 시간을 보낼 수 있는 기회이기도 했어요.

저는 그중에서도 홀로 울릉도의 깊은 밤을 바라보는 순간을 좋아했습니다. "노을빛은 별빛 같아서"처럼 별에 대한 시적 상상이 저절로(!) 떠오를 정도였어요. 그런데 하나의 번뜩이는 시구만으론 시가 완성될 수 없으니까요, 시의 전체적인 분위기를 잡아 줄 무엇이 필요했습니다.

울릉도의 밤은 도시의 밤과 다르게 아주 어두우면서도 정갈합니다. 마치 수묵화 같았어요. 이 느낌을 그대로 이어서 시에도 수묵화의 느낌을 담아내자 생각했어요. 그래서 노을을 '벼루'에 고이 갈고, 어둠을 '붓질'하여 밤을 그려 낸다고 표현했습니다. 꽤 직접적이지만, 그만큼 저의 의도를 명확히 전달하고 싶은 지점이었어요.

저는 업무상 밤을 새워야 했지만 이 시의 화자는 도대체 왜 밤을 하얗게 지새우는 걸까 이어서 물었습니다. 결국 그리움 때문이겠더라고요. 밤에서 새벽까지의 시간을 그대로 관통했을 때 저에게 끝내 남는 감정은 끝도 없는 그리움이었기 때문이에요. 기쁨도 슬픔도 희망도 원망도 아닌, 다른 색은 닳아 없어지고 새벽처럼 하얘진 마음.

이 시는 당직을 서는 날에 조금씩 완성해 나갔습니다. 그 시간대가 아니면 이 시의 감성을 끄집어낼 수가 없었거든요. 언젠가 다시 울릉도에서 밤을 지새우지 않는 이상 그때의 마음은 온전히 재현해 내지 못할 거예요. 그러니 이런 고유한 마음을 시의 형태로 압축 보관해 놓아서 얼마나 다행인지요. 시에게도, 시를 쓴 스스로에게도 참 고맙습니다.

# 구멍 뚫린 밤하늘

너와 나는 길을 걷고 있었다. 아파트 단지 주변을
감싸고 도는, 조금은 정돈되지 않은 잔디 길이었다.
너와 이야기를 주고받다 보니 어느샌가 발길이
닿았는데, 나는 이곳이 처음이라 이방인처럼
두리번거렸다. 그때 너는 바로 이 아파트에서 어린
시절을 보냈다고 말했다. "오랜만에 여길 걸으니 참
좋네." 너의 발걸음을 따라 내 발걸음도 조금씩
산뜻해졌다.

정월 대보름이 가까워서 보름달이 선명했다. 구름만
스쳐도 깨질 것같이 완연한 빛 덩어리였다. 온 세상에
대고 재잘대고 싶은 듯 달빛이 한없이 쏟아져 내렸고,
드문드문 놓인 물웅덩이마다 달빛이 고여 길이
어둡지 않았다. 너와 나는 잠시 달빛의 이야기에 귀를
맡기며 천천히 걸었다. "여길 걸으니 나도 참 좋네."
말하는 나의 입김이 달빛에 누르스름히 물들었다.

너는 저 너머로 걸으면 한강이 나온다고 말했다.
그곳으로 발걸음을 옮기며 나는 어린 시절의 너에
대해 물었다. 너는 하늘을 잠시 올려다보고는,
지금의 너에 대해 답했다. 변한 것과 변하지 않은 것,
변해야 하는 것과 변하지 말아야 하는 것 들이 뒤섞여
있다고. 우리가 지금보다 더 크면 무엇이 되어
있을까. 한강이 가까워 오는데 보름달은 변함없이
선명했다.

불쑥 너는 달을 향해 "뚫려 있는 구멍 같아."라고
말했다. 달을 보면서 달이 아닌 세상을 상상하는
순수한 마음. 어린 시절의 네가 너에게 여전히 남아
있음에 기뻐서 나는 오히려 답하지 못했다. 대신 훗날
무엇이 되어 있건 이 마음만은 잃지 않기를 기도했다.
한강을 조금 걷고는 너와 인사를 나눴다. 돌아가는
밤길에도 그 마음이 너무 밝아서 길이 어둡지 않았다.
구멍 뚫린 밤하늘을 나는 밤새 걷고 싶었다.

# 나와 같은 소원이었을까

친구와 달이 참 밝은 길을 걸었던, [에세이]에 쓴
스물한 살의 그날 밤이 한두 해가 지나도 잊히지
않았어요. 울릉도에서 시를 쓰기 시작하면서 여운이
긴 그날의 추억도 꼭 한 편의 서정적인 시로 남기고
싶어졌습니다.

물론 있는 그대로 쓰지 않고 저만의 시적인 서사를
곁들였습니다. 첫째로 달밤이라는 시공간에
주목했어요. 그때가 정월 대보름께였음에 착안해,
달빛 아래서 함께 걷는 행위를 부럼을 깨무는 행위와
결합했죠. 달빛을 '발걸음으로 깨문다'는 비현실적인
설정을 통해 달밤의 정취를 감각적으로
표현했습니다.

둘째로, 달을 '뚫려 있는 구멍' 같다고 한 친구의
순수한 상상을 확장했어요. 이에 따르면 하늘은
면적이 넓으면서도 구멍이 뚫리기 쉬운 재질이어야
합니다. 나아가 하늘은 본래 파란색인데 뚫린 구멍
안으로 노란색이 보이므로 한 겹이 아니어야 하죠.
그렇게 하늘이란 두 가지 색의 종이가 겹쳐진
공간이라는 저만의 해석을 시에 담아냈습니다.

시의 두 등장인물은 줄곧 정월 보름달 아래서 걷고
있습니다. 하여 셋째, 보름달에게 소원을 비는 것으로
자연스레 시의 마지막을 장식했는데요. 여기서
상대의 소원이 자신의 소원과 같을지 '나'가
궁금해하는 상황으로 시를 끝맺은 것이 서사의
핵심이었어요. 읽는이로 하여금 '나'와 '너'의 관계가
무엇일지 각자의 감성대로 상상하게끔 만드니까요.

각별했던 추억에 문학적인 살을 붙여 나가면서
서정시를 쓰는 느낌이 무엇인지 느낄 수 있었던
시입니다. 곧 보름달이 뜨면, 그날 함께 걸었던
친구를 그리며 소원을 빌어야겠어요. 여전히 그 마음
잃지 않았기를.

# 신춘의 시

허리를 곧게 펴고 앉았다. 책상 선과 평행이 맞도록 200자 원고지를 반듯이 올려놓았다. 나의 시가 적힌 노트를 꺼내서 미리 골라 둔 시들을 한 줄 한 줄 천천히 되읽었다. 깊은 들숨에 눈을 감고, 긴 날숨에 눈을 떴다. 새로 산 플러스펜의 뚜껑을 아주 조심히 열었다. 받침 하나, 띄어쓰기 하나 틀리지 않게 붉은 네모 칸마다 한 자 한 자 나의 시를 옮겨 나갔다.

출력이 간편할지라도 나는 나의 시를 한 글자씩 손끝으로 만져 보고 싶었다. 펜끝에서 잉크가 번지며 전해 오는 떨림과 설렘 사이, 문득문득 거친 의구심이 나를 덮쳤다. 나의 시는 남이 보기에도 좋은 시일까? 저들의 심사를 통과할 만큼 뛰어난 시일까? 글자들이 붉은 방에 갇힌 것처럼 느껴질 때마다 나는 손끝에 더욱 힘을 주었다. 아니, 글자들이 무사히 동해를 건널 수 있게 구명조끼를 꽉 조이는 거야. 그렇게 나의 시는 더 넓은 세상에 닿을 수 있을 거야.

우편을 보내고, 시가 손에 잡히지 않던 한 달도 겨우 보내고 새해를 맞았다. 나는 창백한 손끝으로 신문사 홈페이지에 또박또박 "신춘문예"를 입력했다. 숨을 후 내뱉고 제목을 눌렀다. 기사 첫머리에 여러 명이 환하게 웃는 사진이 걸려 있었고, 그 아래 작은 캡션에서는 왼쪽부터 당선자들의 분야와 이름을 소개하고 있었다. 어리둥절했다. 오늘이 발표날인데 어떻게 다같이 모여 사진을 찍을 수 있지?

맙소사, 당선 결과는 이미 전달되었던 거구나! 그것도 모른 채 나의 시를 남의 시와 비교하느라 맘 졸였던 한 달이 부끄러웠다. 허나 이 바보 같았던 기다림으로 선명히 깨달았다. 내가 나의 시를 얼마나 아끼고 애정하는지. 그러니 남의 시를 이기고픈 마음은 놓아 주고, 나의 시를 사랑하는 마음은 두 손 가득히 놓지 말자. 언제나 나에게 새로운 봄을 가져다주었던 나의 시를. 나는 사진 속 당선자들과 나란히 웃었다.

# 조그만 나의 시를

제대를 앞둔 마지막 겨울, 일 년 반 동안 쓴 시를 세어 보니 자그마치 50편을 넘겼더라고요. 이 기세를 몰아 그해 용기 내어 신춘문예에 도전했어요. 저의 시들을 처음부터 끝까지 다시 읽고, 고치고, 그중에서 내보일 만한 것들을 신중히 골라 신문사에 보냈습니다.

솔직히 말하면 당선은 아니더라도 본선은 갈 줄 알았어요. 아무 소식도 없는 새해를 맞이하며, 이번엔 저의 시가 아니라 시를 쓰는 '나'에 대해 돌이켜 봤습니다. 그랬더니 시 쓰는 일 자체가 기쁘고 즐거웠던 처음의 가벼움과 달리, 시를 잘 쓰고 싶다는 일종의 욕심이 어느새 꽤 무겁게 들어차 있던 거예요.

이렇게 마음속 혹을 발견하고서 다시금 저의 시들을 읽었는데, 그때 의미를 재발견한 시가 바로 「나의 시」 입니다. 울릉도살이 초기에 쓴 시라 소홀히 여겼다가 첫 행에서 놀라고 말았어요. 저의 시를 스스로 "조그만" 것이라고 부르고 있었으니까요. 나의 시는 사실 보잘것없고 사소하다는 낮은 마음, 그럼에도 무언가 꼭 되어 주고 싶은 순수한 마음 말이죠.

이 시의 청자인 '그대'는 씨앗을 키우는 흙이자 구름이 떠 있는 하늘로서 화자인 '나'와 달리 완전한, 더 크고 포용적인 존재입니다. 그렇지만 새싹이 돋지 않는 흙, 구름 한 점 없는 하늘은 얼마나 쓸쓸하겠어요. 저는 하나의 세계를 빚어내는 거대한 시가 아니라, 제가 사랑하고 저를 사랑하는 사람들에게 작은 기쁨이 되어 줄 소박한 시를 쓰고 싶었던 겁니다.

그런데 울릉도에서 제대하고서는 그때의 감성을 잊은 채 오랫동안 시를 쓰지 않았습니다. 오늘 저는 허리를 곧게 펴고 앉아, 이 시에 담긴 저의 첫마음을 다시 마주하며 새해 소원을 빌듯 새롭게 다짐하려 합니다. 시를 쓰겠습니다. 조그만 시를 쓰겠습니다.

# 시의 섬

**발행일** 초판 1쇄  2024년 7월 31일

**지은이** 영근 (@poetic_islands)
**펴낸이** 김영근
**펴낸곳** 띄어쓰기
**등　록** 제2024-000014호 (2024년 2월 14일)
**이메일** poeticislands@gmail.com
**디자인** 김영근
**삽　화** 너와길
**인　쇄** 인터프로프린트

ISBN 979-11-988513-1-4 03810
값 15,000원